ただ君に幸あらんことを

ニシダ

角川書店

ただ君に幸あらんことを

目次

国民的未亡人

寝室の隅に置かれた木目の穏やかな鏡台の前に座って肌を下から上へと持ち上げるように化粧下地を塗り広げていく。ベランダに続く大きな窓からは今日も海が見える。ビーチから少し離れた高台にある我が家の二階から望む海は、良く研がれた刃物のように輝いて網膜をさす。朝六時。普段より二時間の早起き。鋭角に差し込む朝の日差しが海の青さを伴って部屋を照らす。

鏡台の鏡をふち取るように取り付けられた蛍光灯の人工的な明かりと自然光が混ざり溶け合い、私の周囲にシャボン液みたいな薄膜を張る。いつもより高級な化粧水に美容液を二種類、美容オイルと乳液でこれでもかと潤いを閉じ込めた肌はなめらかでふっくらして、指が肌に吸い付く。ここまで張り切って化粧をしたのは久しぶりのことだった。まだこの上にファンデーションが乗り、パウダーが乗るんだと思うと嬉《うれ》しいような面倒なような気持ちになって、鏡の中の私の眉間《みけん》にシワが寄った。

手の甲に広げたDiorのリキッドファンデを人差し指に取って頰や額に点々と乗せていく。小さなスポンジでリキッドファンデを肌に馴染《なじ》ませるとくすみのない均一な肌が出来上がった。良いじゃん。感想が思わず寝起きの掠《かす》れ声になって漏れた。雑誌やポップアップ広告が三十代はお肌の曲がり角なんてしきりに煽《あお》ってくるけれど、私は大丈夫だと思える。

テレビに映るなんていつ以来のことなのだろう。きっとあの告別式のとき。榊恭司《さかききようじ》がこの世を去ってから三年が経とうとしている。

あの日のことはよく思い出せない。夫が亡くなり、ただでさえ大変なときに、報道陣に囲まれてフラッシュを浴びていた。喪主として榊恭司の妻として、たくさんの役割を背負って悲しむ暇も無く、記憶はパッチワークのようにとびとびで時系列も曖昧《あいまい》。病院で榊恭司が亡くなって泣いた後、火葬場で彼を見送って泣いた。その間に起きたことは私の記憶というよりはテレビの報道で知った追体験だ。

大きな遺影の周囲には植物園の展示と比べても遜色《そんしょく》ない種々の白い花々が飾られて、その前に漆黒の着物を着せられた私が立ち尽くす。黒髪を後ろで束ねおじぎをした私は黒い長方形の固まりになって、乱射されるフラッシュの閃光《せんこう》に幾度も白く塗り潰《つぶ》された。視点の主は私じゃない。私一人を突き放すように撮影された俯瞰《ふかん》の映像。

ふと鏡に映る私が視界に入る。ハイライターのパレットを左手に握ったまま、右手の人差し指の先には光を弾《はじ》く細かい粒子が付着していた。昔の記憶が視界に上塗りされたまま意識もなくひと工程を丸々終えていた。鏡の私の目元や鼻先、頰はすでに白く輝いている。視覚と共に聴覚も遮断されていたようで、家の壁やガラス窓を微《かす》かに揺らすような車のエンジン音が近くに聞こえる。ロケ車がもう到着しているようだった。座ったまま、腰から身体を捩《よじ》り壁掛け時計を見上げると、すでに七時過ぎ。車のエンジン音が止んで、しんと静寂が戻った。中途半端な顔のまま、鏡の自分に一度微笑んでから私は階段を下りていった。

一階のリビングはあっというまに人で溢《あふ》れかえった。

テレビクルーの一人一人が何をしているのか定かではない。けれどその寡黙な作業振りは働きアリを思わせる。それじゃあ私はメイクの続きを、と言い出すことも出来ず、そもそも誰に伝えて良いのかも分からず、リビングと廊下の境の辺りに立ち尽くして、素足でフローリングを撫《な》でていた。

昨日掃除機をかけたばかりなのにフローリングはザラザラとして、手指よりカサついて溝の深い足裏の指紋が細かな塵《ちり》を搦《から》め捕る。

逗子《ずし》に別邸として建てられた我が家で、これだけ大勢の人たちに会うのは久しぶりだった。

榊はパーティーが好きだった。季節が移ろうたびに人を招いた。榊と同年代から孫にあたるような年頃の俳優仲間やドラマ、映画のスタッフ。そして彼らの家族まで。榊は小さな村の長《おさ》のように中心にいて、取り囲む人たち一人一人に柔らかな笑顔を向けて温和に話した。美紘《みひろ》も、料理は家政婦さんに任せて、こっちにおいで。リビングの端のアイランドキッチンで準備をする私に呼びかける。一緒に作業をする家政婦のおばさま二人に会釈して、私はテーブルの島の間を縫って榊の隣に立つ。ほら、エプロンは外して。私の肩をまるで卵のように優しく摑《つか》んで引き寄せて、臍《へそ》の辺りの結び目を解いてくれる。スクリーンの彼と同じように、その所作一つ一つは滞りなく流れる。私と同じ世界に生きているのが不思議に思われるほど、所作だけでなく、榊恭司という存在自体が洗練されていた。

「おはようございます」

私へ方向付けられた声に驚き、現実を取り戻すと、北口《きたぐち》さんが立っていた。テレビ局のプロデューサーで榊が長らく懇意にしていた。直接顔を合わせるのは告別式以来だろうか。六十近い年齢で、臼《うす》から取り出したばかりの餅《もち》の固まりのような白くまんまるな顔はヒゲも髪も剃《そ》り上げられ、汗が滲《にじ》んでいる。夏らしからぬスーツの下の肌に、首から伝う汗が流れていった。

「北口さん、お久しぶりです」

頭を下げ、リビングの入口付近の壁にある空調のタッチパネルを二回タップした。設定温度は二十二度。

「申し訳ないね、こんな大人数で押しかけて。でもね、ほら、より美しく撮らんといかんでしょう、美紘さんを」

顔にある唯一毛らしき毛として主張の強い太眉《ふとまゆ》を下げ、口角を上げ人懐っこく笑う。

「榊さんは画《え》にこだわる人だったから」

そう言って指を鉤《かぎ》括弧のようにして、私の顔周りの空間を切り取り、その枠越しに北口さんと今日初めて目が合った。

「やめてください。まだメイクの途中なんですから」

手の平で重なった視線を遮り、声に笑顔のニュアンスをつけて言った。北口さんも嗄《か》れた声で朗らかに笑う。二人の笑い声が止む寸前、お互いに次の会話の種がないような、息を吸う瞬間の沈黙がやけに長く、息苦しくなるような感じがして、とっさに、

「そうだ、お暑いでしょう。飲みもの用意しなきゃ」

そう言葉を継いだ。昨日ネットスーパーから大量に届いたペットボトルを冷蔵室だけに収

めきれず、野菜室にまで詰め込んだのを思い出した。

あぁ、良いですよ、お構いなく。そう申し訳なさそうな声が聞こえたときにはもう北口さんの顔は見えていなかった。

リビングに入っていき、アイランドキッチンの側の冷蔵庫からペットボトルを取り出す。私を追いかけてきた北口さんが、おい誰か手伝ってと号令をかけると若いスタッフ数人がやってきて、私と冷蔵庫の間に割って入るようにして仕事を奪っていった。

キッチンのワークトップに緑茶、加糖の紅茶など清涼飲料が四、五十本並べられた。

北口さんはすみませんと、両の手の平をぱふっと小さく音を鳴らして合わせながら言った。

「いえ、全然。皆さんがお好きなものを」とだけ言い残し、スタッフ全員の視線がキッチンに並ぶ異様な量のペットボトルに注がれている隙に、私は階段を上った。

一段一段と上っていく間に、胸の辺りに淀《よど》んでいた気疲れが四肢に巡っていった。寝室に戻り鏡台の前に座ったけれど、本当はベッドに寝転がりたいような気分だった。

鏡の私を見ると、まだ眉さえ描かれておらず虚脱感が消え失せた。鼻から深く息を吸う。今までボヤけていた視界の周辺が明瞭になっていくのが分かる。

ヘアセットを終える頃、ストレートアイロンの電源を落とすと、ドア越しに階段を足早に上ってくる音が聞こえた。足音は軽く、リズミカルで、部屋の外から寝室に並べられたドミノが倒れ、近づいてくるような心地好さと緊張感があった。

最後のドミノが三つ倒れるようにドアがノックされ、開けに行くと女性が一人立っていた。私より少し小柄、百六十センチくらい。西洋の慰霊碑に彫られた碑文のようにバンド名が羅列された音楽フェスのTシャツに、肌に貼り付くタイトなブルージーンズを合わせている。

「ディレクターの脇屋《わきや》です。ご準備出来ましたので、一階でお願いします」

小さいけれどハキハキとした声で言った。笑顔はない。ディレクターが何をする人なのか私は知らないけれど、脇屋さんは何か責任のようなものが表情にあらわれていた。目元や唇は彼女の肌の色のままで、シンプルなメイクだけれど整っている。

分かりましたと私が答えると脇屋さんは、

「ピンマイクだけお部屋で付けていきましょう」と数枚のプリントと一緒に手に持っていたピンマイクを私に見せて、ほんの少し口元だけで微笑んでみせた。

私の前で膝《ひざ》と腰の両方を曲げて窮屈にしゃがんだ脇屋さんが、ブラウスの裾《すそ》から肘《ひじ》まで腕をつっこんだ。インナー越しに触れた他人の皮膚の生々しく、私には制御出来ない熱感が帯状にあてがわれる。室内は涼しく保たれているのに、触れられた部分から染み込むように体温が伝わって汗ばむ。

脇屋さんの頭頂部をただ見下ろすだけで何も話さないのが気不味《きまず》く、首だけ捻《ひね》って横を向く。鏡の私は腰から首の辺りまでを切り取られ、胸の辺りに大蛇が登ってくるようにブラウスが波打った。正面じゃない角度からの私はなんだか野暮ったく、想像したシルエットより太く見えた。

「脇屋さん、大丈夫ですかね、この服で」と言葉を鏡に反射させて問うと、

「いえ、私がピンマイク付けるの下手なだけです。すみません」と床に言葉が跳ねて戻ってきた。

ピンマイクを胸元に付け終わると、脇屋さんは私にホッチキスで簡易に製本された台本を渡してくれた。

【(仮) 榊恭司没後三年追悼特番】と大きく印刷された表紙。

「事前にお送りした質問案はご確認いただけましたか」と尋ねられて私は勿論《もちろん》ですと答えた。Gmailで数日前に送られてきた質問案はわざわざプリントアウトし、回答案を手書きで書き込み何度も読み返していた。十五個の質問は、今まで榊と二人で番組に出演したときにも聞かれたベタなものが多かったから、さして考えることもなかった。けれど、最後に書かれて

いた『美紘さんだけが知っている榊恭司さんの魅力は？』の質問。それだけが気掛かりだった。

「確認いたしまして、最後のこの質問だけ省いていただけますか？」

脇屋さんがえーっと最後の、と小さくつぶやいてジーンズのお尻《しり》のポケットを探った。ポケットから出てきた台本は三度四度と折り曲げられて、紙には本来備わっていない固さが見てとれる。

スマートフォンほどのサイズになった紙の重なる束を一度二度と開くたび少しずつ榊恭司の名前があらわになっていく。故人の名前が折り曲げられているのは失礼なことなのかなと疑問がふと湧いてくる。自然と閉じようとする台本の両端を引き伸ばすように持って脇屋さんが言った。

「三ページ目の美紘さんだけが知る榊さんの魅力ですかね」

「はい。榊はファンの方々にどう見られるか常にプロデュースしている人でしたから、あまり喜ばないかもしれないと思いまして」

小さく薄く開けた口から鼻にかけた声を出して私が言う。脇屋さんはえーっとつぶやいてからしばらく黙って重苦しい間を作った。私は脇屋さんの俯《うつむ》く顔、特に目元から視線を外さずに見つめていた。眉間に力が入って奥まった瞳《ひとみ》が上下左右に走る。

「今回の特番では榊さんの役者としての経歴を若い世代に知ってもらうのは勿論なんですが、もっとお人柄が分かるように出来たらと思ってまして。そういう意味でも、奥様でいらっしゃる美紘さんには榊さんの裏側と言いますか、勿論話せる範囲で良いのでお聞きしたいと思ってまして」

溜《た》め込んだエネルギーを噴き出させるように言った。

「事務所の後輩俳優の方々とか付き人の方、そのほか生前懇意にされていた方にすでにお話を聞いておりまして、番組構成的にも是非お話しいただけると……」

脇屋さんは用意してきた作文を言いきった。私にはそういう風に聞こえた。何か気に入らない。感情が先に彼女を否定していた。

脇屋さんは私を気遣うように心配そうな顔でこちらを見つめている。私はそれすら敵視して、持ちあげていた表情筋をすとんと落とした。温かかった頰の辺りが冷たくなる。

「申し訳ないですが、やはり最後の質問はカットにさせてください。けして榊恭司の魅力に関してお話しすることがない訳ではなく、私としてはやはり家庭の中でのエピソードを明かすのは榊も本意ではないと思うので」

あえて途中で言葉を止める。

榊ともう話すことは叶《かな》わない。けれど彼の望みは何なのか、私だけが理解出来ている。確固たる自負が私にはある。国民的なスターとしての榊恭司を守らなければならない。それが生きている私の役目。

脇屋さんは下唇を噛《か》んでしばらく黙った後に、小さく分かりましたと言った。色素の薄い唇が血色をほんのりと取り戻していた。

脇屋さんについて階下に下りる。リビングの中心にいかにも高級そうなアンティークっぽい椅子が一脚置かれ、何台もの照明機材からの光を浴びていた。

大きな窓をバックに配置され、神々しく輝き、様々な方向からの照明を受けて、うっすらとした影が放射状に広がって伸びている。

座るに値する人間なんて居ないように思えたけれど、榊恭司が足を組み腰掛けている映像が頭に浮かんだ。

周囲にはスタッフの方々が先ほどとは違って手持ち無沙汰《ぶさた》に立っている。

階段を下りきってリビングに入っていく。よろしくお願いしますと小さな声で言って人の間を割って進む。床には太いコードが何本も張り巡らされ、テープで固定されていた。席に着こうとしたところで脇屋さんが榊美紘さんです、と声を張ると周囲のスタッフの方々が拍手をしてくれた。

一度頭を下げて座る。

リビングの壁際に、榊の付き人だった進藤《しんどう》さんとマネージャーの一人だった丹波《たんば》さんが立っていた。ジャケットを腕に掛けて汗を拭《ふ》く初老のオールバックの二人はあまりに装いが似通っており、双子の幼児みたいで可笑《おか》しかった。近くまで行き挨拶《あいさつ》がしたいけれど、立ち上がることが許されるタイミングなのか分からず、座ったまま会釈だけで済ます。

カメラが数台、私に向いていることにそのとき気が付き、鯨の瞳のようなレンズと目が合った。会釈の前屈《かが》みから体勢を戻すと自然と背筋が伸びきった。

私の向かい、カメラの後ろで椅子に座る脇屋さんが、それではインタビュー始めさせていただきますと言うと、伸びきったと思っていた背筋がもう一段伸びて力が入る。

「美紘さん、本日はよろしくお願いします」

脇屋さんが今日初めて会ったかのように振る舞ったから、私は困惑してしまって上手《うま》い返事が思い浮かばずに頭を下げた。無言で頭を下げたから、何か空気が張りつめた感じがした。カメラを操るスタッフさんが呼吸音を殺そうと口を開いて息をするのが視界に入る。

「早速ですが、榊恭司さんが亡くなって三年になります。振り返って榊恭司さんとはどんな人でしたか」質問案の一番上。

「うーん、そうですねぇ」

箇条書きで書き入れたメモを思い出す。

「振り返ると、榊恭司という人は裏表のない優しい紳士でしたね。侍のイメージが強いですから、紳士って言うとちょっと違うかもしれませんけど」

脇屋さんが台本の文字を目で追ったまま声だけで笑う。

「本当に夢のような時間でした。結婚してから亡くなるまでの五年間、幸せな夢の中にいるようでした」

言おうと決めて線を引いていた言葉。一字一句をそのまま声にする。

脇屋さんは私を見つめていた。目が合うと、時間がゆっくり進んでいる、そんな心地がした。

インタビューは一時間で終わり、今日の分のエネルギーを使い果たしたような清々《すが》しい疲れが身体と心をわなわな震えさせた。撮影は以上であると脇屋さんが号令をかけたあとも、しばらく立ち上がることが出来ずにスタッフの方々の様子を視界に入れたまま、胸を上下させる浅い呼吸にだけ身体を委《ゆだ》ねていた。

「ピンマイクは後で上のお部屋に取りに行きます」

脇屋さんが近寄ってきて私に言う。寝室で打ち合わせをしていたときとは別人のような笑顔だった。

腑抜《ふぬ》けた腿《もも》に力を入れて立ち上がる。床のコードがスリッパの爪先にぶつかる。リビングを出ようとすると、進藤さんと丹波さんが挨拶に来てくれた。

お久しぶりです。お元気でしたかと私がどちらともに投げかけると、進藤さんが、

「美紘さんはさすが。女優でいらっしゃる。素晴らしいインタビューでした」と、恭しさを保った軽口を返してくれた。調子付いた口調に懐かしさを感じる。ふと気になって、

「前回お会いしたのはいつでしたっけ」と聞くと、

「目黒《めぐろ》の本宅からこの別邸に荷物を運んだ……いつでしたっけ」と笑った。

ほら、丹波さん、おたくで美紘さんと契約した方が良いですよ。女優として。ねぇ、と私と丹波さんを引き合わせるようにして会話を運ぶ。気遣いの人なんだなぁと感心してしまう。

「美紘さんさえよろしかったら、いつでもお待ちしてますよ」丹波さんは笑って頭を下げた。

「私に人前でお芝居する度胸なんてありませんよ」

「いいえ、本当に素晴らしい受け答えでした。それに美紘さんは絵になりますから。榊さんが惚《ほ》れ込んだ訳です」

丹波さんは真顔で、私から目も逸《そ》らさずに言う。恥ずかしげもなく、ただ私を褒めてから微笑んだ。

ちょうど廊下に出たところで、私たちの横を機材を両手に抱えたスタッフが一人通り過ぎていった。機械のように無言で通り過ぎるその人を見て、全員興が醒《さ》めたように話題の流れが途切れる。この場に留まるのが苦痛に変わりそうな予感が働き、

「事務所的にNGの部分があれば遠慮なくカットしてください」とだけ残して階段を上った。

二人の返答は、何か言っていたとは思うけれど、頭に入ってこなかった。二階の寝室に戻ったときにはもう十時前になっていた。

朝、目が覚めてからの時間の進みが速く、何があったのかを正確には思い起こせない。鏡台の上に置いたままのスマートフォンを手に取ってベッドに腰掛けた。マットレスのやわらかさが強張《こわば》った身体に広がっていく。今日初めてスマートフォンの画面を見たような気がする。

タキシード姿の榊恭司が私の肩を抱いている写真。五年前から待受画面は変わっていない。買い換えるたびにこの画面に設定し直す。映画祭で行ったフランスのホテルのベランダで撮ったものだ。私だけお酒ですぐに赤くなるからドレスから出る腕も顔も火照っている。私だけはしゃいでいるようで何だか恥ずかしいけれど、これが榊恭司と二人で写る一番新しい写

真だから仕方がない。よく見ると目も赤く、アイメイクが剝《は》げ落ちている。授賞式での榊の姿を思い出す。

ドアがノックされて跳ね起きた。

「美紘さん、ピンマイクを回収してもよろしいでしょうか」

脇屋さんの声がやたら大きく、心臓を直接揺らして、私は寝ていたことを自覚した。ベッドから立ち上がる。壁の時計は十時二十分を指していた。ドアを開けに行き、脇屋さんを招き入れた。胸に付けたままだったピンマイクを外して渡す。脇屋さんは、

「もうそろそろ私たちは失礼しますので」とだけ言って部屋を出た。一人になってもまだ心臓が跳ねていた。

やることもなく階段を下りていくとリビングはすっかり日常へと復帰しつつあった。もうすでにスタッフのほとんどは部屋から居なくなって、カメラや照明はあとかたもない。

キッチンに置かれたペットボトルは半分以上が手つかずのまま残されていた。最後まで残っていた脇屋さんと、インタビューの間姿を見せなかった北口さんが私のところへやってきて、ビジネスライクに感謝を述べた。

「二週間後のスタジオ収録の詳細、決定次第お送りいたします」

玄関まで見送る途中にそう言い残して二人は真夏の炎天下に出て行った。

玄関前に駐《と》めたロケ車に二人が乗り込み、緩やかな坂を下って見えなくなるまで、ずっと私はひさしの陰になっている所から眺めていた。リビングに戻る。

キッチンに置かれたペットボトルの結露をふきんで丁寧に拭《ぬぐ》ってから冷蔵庫に戻していく。

スマートフォンを見ると進藤さんがLINEをくれていた。

「丹波さんと二人で先に出ました。最後御挨拶出来ずすみません」

普段は一階のリビングで仕事をするけれど、今は何故だか居辛《いづら》くて、二階の寝室に行こうと思った。ペットボトルを全てしまい終え、リビングの蛍光灯と空調を切って、ノートパソコンを抱え廊下に出る。リビングと廊下を仕切る扉を閉めようと振り返る。窓から見える海だけは今朝と変わらずに輝いて見えた。

フロントガラスに透明のミミズがのたうちまわるような水の筋がいくつも流れる。ワイパーが忙《せわ》しなく動き、それらを押しのけていく。高速に乗ってすぐ大雨になった。スタジオ収録は明日。私は実家に帰ることにした。

朝十時からの収録の二時間前にテレビ局に入らなければならない。逗子の家から高速を走っても一時間二十分。順調に行けばそれで良いけれど、渋滞を想定するとどれだけ早く出るべきなのか。考えると不安でGoogleマップを確認するたびに起きる時間が早くなっていった。お盆には少し早いけれど、そもそも帰る予定もなかったから都合が良い。

コンクリートで舗装された敷地内のそこらじゅうに煙草の吸殻が捨ててあるコインパーキングに、一台分の空きを見つけて駐車した。実家に私の車を駐めるスペースはない。

自然の中にある水には独特な匂いがする。車を降りると、辺りはそんな匂いで溢れていた。人工的な水道水やミネラルウォーターの清潔な無臭とは違う、その中に微生物が生きているような水の匂い。先ほどまでの大雨はもう止んでいた。

一泊分の荷物、収録用の衣装を詰めたキャリーケースを引き摺《ず》り家の前に着く。この辺り一帯ではさほど大きくも小さくもない一軒家。空一面を覆う雨雲に濾《こ》された弱い日光に照らされ、より平凡な印象を受ける。

玄関前すぐの辺りに駐めてある父の車の脇を通って玄関まで行く途中、犬が甲高く吠《ほ》えるのが家の中から聞こえた。ドアの前でキーケースをトートから取り出そうという頃には、ドア横の磨《す》りガラスに小さなシルエットがピョンピョン飛び跳ねるのが透けていた。

ドアを開けると母よりも父よりも先に子犬が私のジーンズの脛《すね》にこすりついて出迎えてく

れた。外へ飛び出して行かないようにドアの隙間をキャリーケースと足でふさぎながら、ただいまと廊下に響かせるように言う。

奥のリビングから、おかえりと言いながらやってきた母が、私の足元で興奮しきって跳ね回る毛玉を抱き抱えてくれた。観念して静かになった毛玉の奥に控えめな黒いつぶらな瞳が見える。可愛い。

「美紘おかえり。疲れた？」

母の言葉を聞く間もずっと野苺《のいちご》みたいに小さな舌を出した子犬に目がくぎづけだった。

玄関の狭い板の間にキャリーケースを置き、子犬を抱く母の後に付いていく。リビングは洋室と和室が襖《ふすま》で仕切られている。洋室のテレビを囲むように配置されたソファーに父と少し離れて美乃里《みのり》と朋紀《とものり》さんが座っていた。

「おお、美紘。早かったな」

父が白髪の頭を捻って笑う。なにを話していたのかは分からないが、皆の笑い声の名残がまだ空気を暖めているようだった。

母が放した子犬はあっという間にソファーまで駆けていった。

父が抱きあげ腿の上に乗せ、ポコ〜と甘い声を喉《のど》のガサつきにひっかけながら言った。厳しかった父が子犬を甘やかすのを微笑ましく思えるくらいには私も大人になったようだ。

ソファーの背後に配置されたダイニングテーブルに母と向かい合わせに座る。母はグラスに緑茶を注いでくれた。

「美紘、ポコ初めて？」美乃里がソファーから尋ねる。

「うん。お母さんから写真は送られてきてたけど。ウチ来てどれくらい？」

「まだ半年くらいよ。生まれてからは九ヶ月」母が答える。

「ポコって誰がつけたの？」私が言うと、

「お父さんよ」

眉間に力を込め唇をとがらせ笑いを堪《こら》えるような顔で言う。部屋の全員に聞こえる小声だった。美乃里も私も笑った。

女三人で話す間、朋紀さんはこちらの会話を聞くともなく聞いて笑顔を作っていた。この環境に慣れている父は動じる様子もなく膝の上のポコを撫でている。

時間がゆっくり進む。

美乃里と朋紀さんがホームセンターに行くと言って父から車の鍵《かぎ》を借りて出て行った。母と父と私だけが残される。ポコは鳥の巣みたいなベッドに行儀良くおさまって眠っていた。

出て行った二人が腰を下ろしていたソファーに座って、父がつけたテレビのゴルフ中継を見ていた。窓から庭の方を見ても風一つなく灰色の木々がありきたりな絵葉書のように佇《たたず》んでいた。

「美紘、最近はどうなんだ」

ゴルフ中継から目をそらさずに父は言った。ダイニングテーブルの母は気配を殺そうと努めているのか微動だにしない。ゆっくりだった時間がもっと遅くなる。

「普通だよ」

父と同じようにテレビ画面を見つめながら答えた。

「そうか」

平板に短く言った。

「来月の命日、俺たちも墓参りに行こうと思うんだ」

「そう。時間合わせようか?」

「いや。こっちはこっちで行く」

「どうせ雑司《ぞうし》ヶ谷《や》まで行くから、ウチ寄ったたって良いよ」

冷たい言い方になったかもしれない。けれど本当に一緒に行ったたって構わなかった。

昨年の墓参りではファンのおじさん数人に話しかけられ対処に困ったから、誰か付き添ってくれるのはむしろ都合が良いとさえ思う。

「榊さんは素晴らしい人だった。なぁ、美紘」父は言った。テレビのずっと向こう、家の壁さえ見透すように遠くを見つめて。

思い出しているのだと容易に分かった。いつのことかは正確には分からない。でも多分、結婚して次の年の正月に榊がここを訪れたときのことだろう。

元日、昼過ぎた頃、榊と一緒に実家を訪れた。婚姻届を出したのは九月だったが、その何ヶ月も前から元日のスケジュールをマネージャーと調整していた。父も母も余所《よそ》行きで私たちを出迎えた。張りつめた両親の様子は小学生の頃の授業参観を思い出させた。母はおせちと雑煮を出してくれた。笑顔の凍りついた父と母を見ると私も気が気ではなかった。

その場で自然に振る舞えていたのは唯一、榊恭司だけだった。草木も水も空気も凍りついた湖に舞う白鳥のようだった。ごく自然に話し、食事をする姿が美しく見えた。

徐々にリビングの空気を融《と》かして、父も母も楽しく話しはじめた。

夕方になると父は榊を連れて書斎にこもり二人で酒を飲んだ。夜になって私たちが帰る頃、酔っぱらった父は玄関まで母に支えられながら見送りに出てきた。父は少し泣いているように見えた。

「美紘、最近は辛くないかい」

父が言って私はどきりとして我に返る。いつのまにか優しく慰めるような顔で私を見ていた。父の喋《しゃべ》り方は少し榊恭司に似ている。あの正月のあのときからだと思う。

「全然大丈夫。もう三年前だし」

視線を落として言う。ヌーディーネイルが光沢を持て余して光る。

そうか、なら良いんだ。そう言って父の視線はまたテレビ画面のゴルフに戻っていった。ダイニングテーブルを振り返ったけれど、母は居なくなっていた。私と父だけが違う時空の遠い所へ飛ばされたようだった。


夜七時、父の運転で外に出た。私が助手席に座り、二列目に母と妹、三列目に朋紀さんが座った。

父が何か食べに行こうと言うと、私は何でも良いと答えたけれど、美乃里は焼肉が良いと無邪気に言った。

家に取り残されると勘づいたポコはケージの中を反復横跳びみたいに駆け回っていたけれど、母は留守番も出来るようにならなきゃと言って、乾いたお芋のおやつを一かけあげて置いてきたのだった。

車内には会話もなくカーラジオから野球のナイター中継が流れていた。薄明の空には、雨を降らせた後の満足げな雲がちりぢりになってまだら模様を描いている。

ルームミラーを見ると、一番後ろの暗がりの中に朋紀さんの白目が微動だにすることなく浮いている。家族の私でさえ気まずいのだから、朋紀さんの居心地の悪さは想像もつかない。私が実家に帰ってから朋紀さんの声を聞いた記憶もない。

「美乃里と朋紀さんは結婚してどれくらい?」

一年だと分かっていて、口にした。何かきっかけになれば良かったから。

「え〜、もう一年?」

美乃里が少し上を向いて答えた。

「そうだね」

朋紀さんが自分の話し出す順番を感じ取って言う。思ったより少し高い声だった。運転中の父が、

「美乃里と二人は大変だろう。ずっと実家暮らしの世間知らずで」

父はルームミラーを覗《のぞ》き込むようにして言う。

「ねぇ、うるさい」

美乃里はサンダルを脱いだ素足で目の前の父のシートを軽く蹴った。

美乃里は私の八つ下でまだ二十五歳。二人は大学の同級生で同い年だから、だいぶ若かった。やめてよ、暴れないで美乃里。母が朋紀さんを意識した故の優しい囁《ささや》きみたいな声で注意する。

「楽しいですよ。二人で居るだけで」

朋紀さんが言った。私はシートの間から後ろを振り返った。どんな顔をして言ったのか見たかった。車内の暗がりの中、窓から差し込む街の光に照らされた朋紀さんは、私の予想に反して、過度に笑うことのない証明写真を撮るような表情をしていた。

「えー、素敵」

考えがそのまま口をついて出た。朋紀さんは私の目を見て小さくいやいやとつぶやいた。

私は向き直ってルームミラー越しの美乃里に、

「ねぇ、美乃里聞いてた？」

浮ついた声で聞いたけれど、うん、と答えるだけだった。スマホを見ている美乃里の顔は白く照らされて見えた。

私以外の皆が申し合わせたように押し黙った。


焼肉屋に入ると父は予約してくれていたようで、テーブル席の奥にある座敷にすぐに通された。

昔から家族でよく来た店だった。どこの街にも一つはありそうな雰囲気で気構えずに食事出来るから私は好きだった。

入口の辺り、レジと向かい合わせに置かれた椅子には順番待ちの人たちが七、八人座っている。前を通るとき、やたらと視線が私を刺したような気がした。

家族に一人交ぜられた朋紀さんだけが上座とか下座とかを気にしているようで、畳の上で足踏みばかりしている。父が奥の壁際に座り、隣に座るよう促してやっと席が決まった。私は入口に背中を向ける位置に腰を下ろす。飲み物のメニューを開いている頃に、小皿や箸《はし》の配膳《はいぜん》に来た店員さんは日本語のたどたどしい、おそらく韓国人の若い女性だった。

和やかな食事だった。父は肉を焼くのが好きだった。朋紀さんは恐縮しきって何度も頭を下げた。家では料理なんて全然しないのにねと母は朋紀さんを安心させようとしてなのか、単に皮肉なのか、小言を言う。けれど父は意に介さない。朋紀さんは余計困って空気が掠れる音を出して笑った。

帰りは私が運転するからと皆お酒を飲んでいた。お酒が嫌いという訳ではないけれど、明日収録があると思うとお酒を飲む余裕はなかった。

「朋紀さんと美乃里はどこで知り合ったんだっけ」

私は二人の結婚式にも出られなかったし、馴《な》れ初《そ》めも分からない。純粋な疑問だった。少しの時間顔を見合わせてから美乃里が、

「大学の空手部の選手とマネージャー」と言った。

「あー、そうだったね」

私は、飲みたい訳でもない烏龍茶《ウーロン》のジョッキを持ち上げて口をつけた。結露したジョッキからぽたぽたと水滴が垂れて、デニムの腿が冷たい。

私と結婚という話題が重なるのが負担になることは理解はしている。言葉を継ぐ人はおらず、全員が飲み物を口にする。

ガスロースターの端からこぼれた炎がタマネギの小さな欠片《かけら》を包み込むように焦がしている。

お手洗いに行こうと、正座から立ち上がる。

じんわりと温かい痺《しび》れが爪先からふくらはぎに広がっていく。痺れの残る足をゴムサンダルに突っ込んでお手洗いまで歩く途中、

「あの、もしかして榊美紘さんですか？」

声の方を向くと、男性が一人立っていた。私と年齢は変わらないだろうか。細身にスーツ姿でジェルで固めた前髪。細い毛束の数本が額に垂れ下がっている。テーブルから立ち上がってすぐ私に声をかけたのか、声と椅子を引き摺る音が重なって聞こえた。

「違ったらすみません」

そう言った彼の顔は表情筋を締め付けた真顔だった。

「あぁ、はい。そうです」

直視せずに答える。黒いゴムサンダルからはみ出た白い薄手のメッシュソックスの爪先を見下ろす。

「そうですよね。入って来られたときから思ってました。僕、榊恭司さんの映画もドラマも子どもの頃からずっと見てて、あんまり同い年にそういう人いなかったんですけど、去年雑司ヶ谷霊園にもお参りさせてもらいました。本当にごめんなさい、声掛けてしまって。葬儀

でのスピーチ、今でも見返すくらいなので」

浴びせかけられるような言葉を聞いているだけだった。そのあとも何かしばらく捲《まく》し立てていたけれど頭に残らなかった。

「ありがとうございます。すみません、私、お手洗いに」

そう言って私はお手洗いに逃げ込む。別に用を足したい訳ではなかったとそこで私は初めて気が付いた。


私の運転で家に帰ったのは九時半頃だった。ケージの中ではポコが二本足で立ち上がって、牢屋《ろうや》に入れられた囚人が鉄格子を摑んで揺らすようだった。

母が小さな扉を開け放すとポコは勢い良く飛び出して、私に寄って来てくれる。撫でてあげようとしゃがみこむ。けれど私が優しくかざした手の平をかわして、父や美乃里がいる玄関の方へ向かって廊下を走っていった。口の中にある韓国語のパッケージのガムのミントが嫌だったのかと思い、すこしだけ悲しい。特別犬が好きという訳でもないのに、やはり好かれたいと思う。

口の中のガムを出そうと包み紙をデニムのポケットから探したけれど、探す前からたぶん車のドリンクホルダーに置き忘れたと何となく勘付いていた。ダイニングのティッシュ箱からティッシュを抜き取ってガムを包んで捨てた。父が玄関に置きっぱなしにしていたキャリーケースを持ってリビングに入ってくる。

「美紘、ポコが取っ手嚙むぞ」

私は父に頼んで二階の私の部屋まで運んでもらい、私も部屋に戻った。

キャリーケースを開けてみる。綺麗《きれい》にたたまれたワンピースが、私の緊張を高めていく。

スマートフォンを開いてGmailのフォルダを見ると脇屋さんから台本が送られてきていた。【榊恭司没後三年特番　～名俳優　知られざる素顔～】。台本はPDFで三十ページ近い。

想定質問は十個ほど書いてある。榊恭司との一番の思い出。榊恭司の好きなところ。一言で言うとどんな人物だったか。私の出演箇所は台本の最後の数ページ分。この前のインタビューが流れた後に、質問に答える。時間にすれば三十分程度だ。スタジオ収録の流れによっては上記以外の質問があるかもしれない。そう考えると何をどう準備して良いのか分からない。

スマートフォンを右手に握りしめたままでベッドに横たわる。母がベッドシーツと枕カバーを交換してくれているようだった。いつものベッドよりだいぶ小さい。

棺《ひつぎ》に入れられた榊恭司の小窓から覗く無表情が思い出される。薄く目を閉じる。マスカラを施した太い睫毛《まつげ》が視界のまんなかで重なり合う。日に当てた干し草のような香り。今の私、そしてその周囲にある全てと過去の記憶が疲れと眠気と一緒くたになって身体を覆っている。

目を覚ますと、それほど時間が経っていないことだけが分かった。泣いていたのかもしれない。開いた目の奥がずんと重く痛み、視界が黒く滲んだ。目の周りをこすると、松ヤニみたいな黒い汚れが右手人差し指の関節に付着した。

いつのまにか手放していたスマートフォンはお尻の下に敷かれていた。誰かの手に触れたように温かいスマートフォンの画面を灯《とも》すと二十三時四十分を表示している。

階段を下りていくとその一番下の段に前足をかけてしっぽを振るポコがいた。踏んづけないように廊下に下りて、両手で抱きあげると暴れることなく私の胸元におさまってくれた。

リビングに入っていくとダイニングの上の照明だけを点《つ》けて、母が一人座っていた。父も美乃里も朋紀さんも居ない。狭いリビングをより狭く使って、パジャマの肩にバスタオルを掛けた母は小さくまとまっている。

「起きてたの」

母が言う。笑顔を取り繕わない。上からの暖色のＬＥＤが小さなシワを深くする。

「少し寝てた」

「そう」

「ポコはリビングで寝てるの」

「そう。まだ子犬だから、甘やかすとワガママになっちゃうんだってさ」

「そういうものなの？　犬って」

「獣医さんが言ってたの」

「そうなんだ」

私は暗いままのリビングのソファーに座ってポコを放してあげた。

ソファーの背もたれと座面の隙間に小さな身体を差し込むように転がる。ハムみたいな色の毛のない皮膚に人と同じような手術痕《こん》があった。

「ポコ、病気なの？」

「ううん、不妊手術したのよ」

「そうなんだ」

私はポコのお腹をじっと見た。まだ子犬なのにと思うと、その傷痕《きずあと》がおどろおどろしく映る。

「なんで犬飼い始めたの」ポコを見たまま言った。

「お父さんも私も寂しいから」

「そっか」

「あんたも、最近になって美乃里もお嫁に行っちゃったから」

「うん」

「美紘は再婚とか、そういうのって考えないの」

母は言った。

「そういうのって何?」

論点をずらしている自覚はあった。けれどこう答えることしか出来なかった。

「そういうのって……いい人は居ないのかなって」母の言葉が徐々に弱々しくなる。

「別に居ないけど」

私にとって、榊恭司を超える人は居ないと本気で思っている。身近に出会いはほとんどない。友人との付き合いもあまりないから、交友関係が広がっていくこともない。会ったことのない芸能人まで視点を広げたって、榊より良いと思える人なんて居なかった。

「ごめんね、変なこと聞いて。でも美紘も寂しいんじゃないかって思って」

「全然。寂しくないよ」

私が言うと、母は何も喋らなくなった。私は再婚する気なんてない。そう付け足したかったけれどこれ以上母も、そして私も言葉を欲していなかった。

スマートフォンのアラームを、目覚めてから気怠《けだる》い身体を起こすことなくまどろみの中で聞いた。朝六時三十分。遮光カーテンでは遮りきれなかった太陽光が部屋を仄暗《ほのぐら》く照らす。肌に触れるタオルケットのこわばった感触ですら名残惜しいと思いながら一階の風呂《ふろ》場に下りて行く。階段の最後の数段に差しかかると、閉まったリビングのドアからポコがケージの中を激しく動き回る音が漏れてくる。

リビングに背を向けて風呂場に向かった。実家の洗面所はとにかく物が多く、生活が香っていた。不潔だとは思わない。どこを見ても小綺麗に整っている。少し甘いシェービングフォーム。柔軟剤の香るタオル。鼻孔を磨くようなメンソールの育毛剤。風呂場から漂うシャンプーとボディソープ。実家を出てから八年。私の生活からは失われて久しい雑多な香りだった。寝間着を脱いで、風呂場の湿気の固まりに素肌の身体を突っ込む。バスチェアは座るとすぐに私の体温と馴染んでいく。髪の毛にシャワーヘッドを密着させるようにして温水を当てる。いつものとは違うシャンプーをワンプッシュ手に取って、髪の毛を泡立たせていく。ボブヘアーの毛先から泡がひたひたと膝に落ちた。

いまからテレビ局のスタジオに行き収録に参加する。目覚めてから初めてその実感が湧く。榊の話を、榊の居ない環境で話すのは、思い返してみれば、この前のインタビューが初めてのことだった。大勢の前で話すことすら私の人生には無かったことだった。

フランスの映画祭でレッドカーペットを歩き、かつて教会だったという荘厳な授賞式会場に入っていく途中。柵《さく》の向こう。黒い人集《ひとだか》りに名前を呼ばれる度に立ち止まってインタビューを受ける榊恭司は、忙しなく動く世界の中で一人スローモーションのように余裕を持って見えた。組んだ腕から、私の高まる体温と速まる鼓動が伝わってしまいそうな気がした。会場に入っていく直前に、馴染みのある日本語のイントネーションで名前が呼ばれた。日本から来たおじさんアナウンサーが私に、

「美紘さんも旦那《だんな》様が海外の映画賞にノミネートされたことは誇らしいんじゃないですか」

インタビューも終わりかけた頃に問い掛けてきた。榊の顔を見上げる。私を見下ろす彼の顔には凪《な》いだ微笑みが浮かんでいる。

「えぇ、うーん。そうですね。お芝居のことに関しては全く素人なので分からないのですが……」

喋りすぎたかもしれないと思い、言葉が詰まり、思考が止まる。私にだけ静寂が押し寄せ、留まる。

「でもいつも台詞《せりふ》の読み合わせに付き合ってもらうんだよ」

口の横に手を当て、密《ひそ》やかな声で榊恭司が言った。和やかな時間が進み出す。

榊は私の肩を抱いて、無言で再びレッドカーペットを歩き出した。感謝の言葉を伝える間もなく、榊と二人会場に入っていった。もう一度彼を見上げると教会の荘厳な光が彼の顔を照らしていた。顔にかかるシャンプーの泡の向こう、鏡の奥に、輪郭のぼやけた裸の私が笑みを浮かべているのが見えた。

シャワーを浴び、身仕度を済ませ、普段着ノーメイクのままキャリーケースを持って、私はひっそりと家を出た。メイクはテレビ局のメイクさんがしてくれる手筈《てはず》になっていた。高速に乗り二十分。六本木《ろっぽんぎ》のテレビ局に着く。事前に届いたメールの案内通りに地下の駐車場に到着すると、脇屋さんが出迎えてくれる。スーツ姿の彼女は、Tシャツ姿の若い男性を連れていた。

「おはようございます。本日はよろしくお願いします」

脇屋さんの声が地下の空洞に響いた。もう一人の男性の自己紹介は何と言っているのかまったく聞き取ることが出来ず、私はよろしくお願いしますとだけ返す。

入館パスを渡され、迷路のような廊下を二人について歩いていく。脇屋さんは堂々としているけれど、隣の男性はくたびれたTシャツに迷彩柄のパンツでみすぼらしい。湿気が絡み付きまとまりを持った襟足が野生の獣みたいだった。

榊美紘様。楽屋の扉に、必要以上にしめやかなフォントで白黒の紙が一枚貼ってある。脇屋さんが私の進路をさえぎるようにしてドアを開けてくれた。香水のシャボンが脇屋さんの髪から香る。

「楽屋はこちらでお願いします。後でまた打ち合わせに参ります。メイクさんは楽屋に来ますので少々お待ちください。ご持参いただいた衣装、お預かりしてアイロン掛けしますよ」

一度にたくさんの言葉を浴びて、私はどれに返事をして良いのか分からずに楽屋の壁際一面に取り付けられた鏡に映る自分の姿をじっと見つめるだけだった。

楽屋で一人待つ時間はやたらと長かった。机にはおにぎりが二つ入ったお弁当とまい泉のカツサンドが積み重ねてある。水と緑茶のペットボトルはボウリングのピンみたいに規則正しく等間隔に並ぶ。一人で居るのがいけないことのように思われた。

十分ほどしてメイクさんが楽屋に訪ねてきた。私より幾分か年を重ねているのが骨張って皮膚の貼り付いたような首から見て取れる。綺麗な人だった。メイクが上手なのだろうという安心感をオーラにして纏《まと》っている。

「おはようございます。メイク担当します安西《あんざい》です」

朝なのに、はきはきと疲れのない声だった。彼女の姿から想像されるまんま、その通りの声。楽屋の中に通すと壁際の鏡の前のテーブルに手際良くメイク道具を並べ出す。お楽にしてくださいねと鏡越しに目を見て微笑まれて、私は上手く笑顔を返すことが出来ずに立ち尽くす。

「肌に合わない化粧品あります？」

安西さんは準備を終えて私を座らせて言う。

「えぇと、特に大丈夫ですよ」

「あたし、榊さんのメイクしたことあるんですよ」

「あら、そうなんですね。榊がお世話になりました」

「本当に良くしてもらって。素晴らしい方でしたね」

安西さんは口と手指を別の生き物みたいに動かし、私の顔にクリームを塗ってリンパマッサージをしてくれた。いつのまにかお互い無言になって、私は机の上の台本の紙の束を開く。

想定の質問に視線をすべらせていく。昨日の夜に送られてきたから、たいした準備も出来ていないけれど、質問自体に難しいものはなかった。榊の生前に二人で受けたインタビューでも聞かれたような質問も多い。目新しいものは何もない。前回の家でのインタビューで考えたことの続き、そう分かっていても大勢の前では緊張してしまう。

榊恭司がバラエティー番組に出る日。目黒の本宅で、付き人の進藤さんも含めた三人でお昼ご飯を食べていたとき。私の作ったパスタを食べる榊は静かだった。進藤さんはお店で食べるのより美味《うま》いと過剰に褒めた。隣で押し黙る榊とのバランスを取ろうと必死に見えた。

「番組の収録って、緊張するの？」

私はにやにや笑って聞く。無言で手料理を食べていることに意地悪してやりたいという気持ちと、言葉通りの純粋な疑問とが半々だった。はっとしてこちらを見る榊は、子どものような表情で半開きの口から小さく息を吸ってから、

「緊張かぁ。したことないかもなぁ」

そう、自信ありげに笑って言った。

「一度もない？　映画の撮影もテレビ番組の収録も舞台挨拶も？」

「そうだねぇ」

「生まれながらにしてのスターですから、榊さんは」

いつも笑みが溢れる進藤さんが珍しく真顔で言う。

進藤さんの言葉を聞いて二、三度うなずいた榊は小さく、そういうこととつぶやいていた。

「髪の毛はいつもどういう感じにしてます？」

安西さんの声に引き戻される。鏡に映る私の無愛想な真顔。メイクはもう出来上がっていた。華美過ぎず、年齢に相応な落ち着きのあるメイク。

「髪は少し内巻きにして……くらいですかね」

笑顔で答えるとより一層キラキラして、安西さんの返事より先に、

「私なんかがこんな綺麗で、大丈夫ですか？」と何とも答え辛いであろう言葉が口をついて出た。

「勿論！　テレビの収録なんですから。髪の毛セットしたらもっと綺麗になりますよ」安西さんは明るく言った。

メイクが終わるとすぐ、脇屋さんが役職の分からないスーツ姿の男性と連れ立って打ち合

わせにやってきた。

いつスタジオに出て、どこに座って、どういう風に終わるかという流れの確認がメインで、肝心の質問内容はその場の雰囲気で変わっていくだろうというふうな説明だった。

脇屋さんが部屋を去ると、入れ替わりで榊の事務所の関係者が訪ねてきた。逗子でも会った付き人の進藤さんとマネージャーの丹波さん、そして事務所社長の輪島《わじま》さん。進藤さん丹波さんは萎縮しきっている。縛りつけられたように直立して動かず声も出さない。「お疲れさん」輪島さんはいつもこの一言から会話を始める。

「お久しぶりです」丁寧に頭を下げて言う。

「ありがとうね、わざわざ」

「いえ、光栄なことですから」

光栄。我ながら良い言葉選びだと感心する。

「恭司は俺が一番初めに担当したんだよ。こんなに早く向こうに逝《い》くとはねぇ」

「えぇ。ずっと慕ってましたから。輪島さんのこと」

「俺みたいな不健康より先に逝くんじゃないっての。なぁ」

そう言って両隣を交互に見る。二人は小さく笑い声を出すだけだった。

「神様は才能が好きなんだなぁ」

輪島さんは天井を見上げた。そこに榊が漂っていて、話しかけるみたいな口調だった。白髪染めで不自然に黒い頭髪が蛍光灯の光を反射していた。


収録の開始時間、スタジオに案内された。広く寒々とした空間に場違いにも見える宮殿の一室のようなセットが建っていた。十人ほどの出演者。榊と交流のあった役者が多い。最近テレビを見ないからか、名前の分からない人もいる。

促されてパイプ椅子に腰を下ろす。セットからは十メートル以上離れているけれど、十分に空気が重い。私だけやることなく座っているが、周囲の人たちは何かの使命を帯びているようで表情が引き締まっている。ドラマや映画の撮影を見せてもらったことはあるけれど、トーク番組というのは初めてだった。明るく照らされた豪華なセットに座る上等な衣装を着た人たち。その周囲の殺風景な空間で立ち尽くす人たち。何かの風刺画に似ていた。

セット上の二列並んだ椅子の一列目。前列の右端に茂野《しげの》くんが座っている。榊がかわいがっていた同じ事務所の俳優。年齢は私と同じくらいだったはずだ。背が高く、彫りの深い顔に強い光が照り付けて濃い影が眉の下に居すわっている。

「今でも榊さんの作品はひんぱんに見直しますね。自分にとって教科書みたいなものですし、一生憧《あこが》れです」

榊は茂野くんとことあるごとに飲みに行っていた。目黒の家に来て夜通し芝居について語り合っていたこともあった。榊からしても特別の思い入れがある後輩であることに間違いなかった。茂野くんが出るからと言って、普段は選択肢にもない恋愛映画を二人で見に行ったこともあった。

「あまり暗いのも榊さんは好きじゃないでしょうから、楽しく出来たら」そう言って笑う彼の目はうるんで見えた。


収録を見るともなく聞くともなく、台本を読みながら様子を窺《うかが》い、どれくらい過ごしただろうか。気疲れでちょうど集中が途切れて周囲の雑音が気になりだした頃。

「美紘さん、そろそろスタンバイよろしいでしょうか」

脇屋さんに声を掛けられ、私はセットの裏側まで案内された。ちょうど物陰になるところで、女性の音声スタッフさんが手際良くピンマイクを付けてくれる。

「呼び込みがありましたら、そちらの入口から登場お願いします」

セットの裏側は型番が印字された木材がむき出しになっている。その隙間に花道が出来ていて、照明の強い光が雲間から陽光が差し込むみたいに入ってくる。表の様子は音でしか分からないけれど、今は収録が一旦《いったん》ストップしているようだった。先ほどまでの不自然な喧噪《けんそう》が止んで、不自然な沈黙が空間を凍《い》てつかせている。

それでは再開します。誰かの怒号のようにも聞こえる号令で再び時間が進み出す。

「今回は特別なゲストにお越しいただいてます。榊美紘さんです」

男性のアナウンサーの呼び込みを合図に、スタッフさんに誘導されて私はセットの表に出ていった。

光源が分からないほど無数の照明は、朝の海を見ているみたいだった。光線が目を射し、貫き、脳に及んで眩暈《めまい》がする。

「よろしくお願いします」

頭を下げる。私の両足が見えて少し安心した。用意された席は向かって右側のMC台と、左側の出演者が二列並ぶ席の間。一人誰からも孤立した椅子。ちょうど私の真後ろに榊の遺影が配置されている。セット外のモニターに映る黒いレースの長袖《ながそで》ワンピース姿の私。正しい感想か分からないけれど、美しかった。

私が席に着くとこの前のインタビューがモニターに映し出された。私の話と榊の生前の映像が交互に移り変わっていく。たしかに私が喋ってはいるけれど、その声が変に高くて気持ち悪い。

「榊さんが亡くなられてから三年ですが、改めて今どういうお気持ちですか」

脇屋さんのインタビュアー然とした熱のこもらない声が聞こえる。その間も画面には私一人で、目を見開いて小さくうなずく。いかにも聞いていますよという芝居じみた仕草。

「う〜ん、そうですね。今日まで榊のことを思い出さなかった日は一日もなかったです」

伏し目がちに私は話し始める。

「三年という月日は本当にあっという間で。まだ榊恭司と毎日暮らしているような気持ちですね」

言い淀んだ部分は綺麗にカットされていた。うまく言い表せているか分かりませんが。そう最後に付け加えていたけれど、そこもカットされていた。私はプリントアウトした質問案にそこまで書き込んでいたのに。

画面は榊恭司の葬儀に転換した。真っ黒な和服姿の自分が一秒ほどだろうか、画面に映り込んだ。黒髪に喪服、一際青白い肌。その目元だけが赤らんで、モノクロに唯一色が乗っている。うつろに俯く無表情に疲労と悲哀が浮かぶ。過去の私も美しいなと思えた。

二十分ほど、どんな顔をして良いか分からずただVTRを見ていた。結局正解の顔は見つからず、自分が話しているのを見て小刻みにうなずくだけだった。

「VTRをご覧いただきました。改めてご自宅でのインタビューをお受けくださってありがとうございました」

MC台の女性アナウンサーが言う。その横の男性の中年アナウンサーは私の返答を待たず、

「榊さんが亡くなってから、メディアに出演されるのは初ということで」

男性アナウンサーの息継ぎの間とアイコンタクトで、今が私のターンだということに気が付いた。

「はい。そもそも私なんか表舞台に立つような人間ではないので」

私が答えると、会話のバトンは受け取り手がはっきりしておらず、しばしの無音に息が詰まる。

私という存在はこの場において、自分が思うよりずっと御し難いのかもしれない。凝縮された沈黙にそう感じざるを得なかった。

「じゃあ榊さんと美紘さんの馴れ初めってどんな感じなんですか」

後列に座っている華美な女性が質問する。三年テレビを見ることが出来なかったから、お名前を存じあげない。台本の出演者を確認しておけば良かった。

「馴れ初めですか」

そう口に出してから、刹那《せつな》考えを巡らす。馴れ初め。結婚している男女に対して実にオーソドックスな質問。けれど、私は今まで一度も問われたことはなかった。

結婚発表の当時、写真週刊誌に書かれ、榊が一度説明しただけ。それも八年も前の話で、自分の口から説明したことはない。この場で聞かれると思ってもいなかった。

「んー、馴れ初め……あまり人前で話したことがないので恥ずかしいんですけど」

視界に過去の記憶を貼り付けるようにして、目の前の出来事を言葉にしようと努める。

「初めて出会ったのはグレース・クレメンズ監督の日米共同制作の映画“Gossamer”の撮影現場でした。映画配給会社の海外ライセンスの部署で働いていて、あっ今もそこに勤めているんですけど、当時二十四歳で、その映画の日本でのライセンスをうちの会社が持っていたので、お手伝いとして撮影現場に行ったのが最初でした」

横浜《よこはま》。冬の早朝。眼前に再現された榊恭司との初対面から、何を言葉にすれば良いのか取捨選択を繰り返しながらたどたどしく話した。

留学経験がある私は簡単な通訳が出来る若手社員の一人として駆り出された。榊を含め日本人の役者は数人居たから、通訳の専門家でなくても良いから人手が欲しいとのことだった。


身体の末端から冬の澄んだ空気に溶けてしまいそうな朝の山下《やました》公園。周囲には百人近い関係者が集まり異様な雰囲気だった。私がハリウッドの映画制作会社のエージェントと上司の間を取り持っているところに何の前触れもなく榊恭司はやってきた。マネージャーも連れずに一人。スーツにチェスターコートを着て、手袋にマフラー。そのどれもが黒豹《ひょう》みたいにテカテカ光を反射している。背が高い。映画やドラマ、テレビ番組で何度も見たことがある芸能人。けれど威圧感も不遜な感じもない。年齢は父とさほど変わらない。しかし積み重ねた年齢から来る余裕と貫禄《かんろく》、それと同時に青年の若々しさが共存して調和している。

「おはようございます。榊恭司です。本日はよろしくお願いします」

きっちりと四十五度腰を折って頭を下げた。上司と私が自己紹介をすると、彼は朝早く寒いのに申し訳ないと再び頭を下げた。

三十代半ばの男性上司は嬉しそうに話題を振ったが、榊は嫌な顔をせず丁寧に応対してくれた。話が終わって去っていく頃には、私は寒さを感じることもなくなっていた。

「そこからお付き合いにはどう発展していかれたんですか」

女性のアナウンサーの質問で私は今を取り戻す。大きなカメラの近くに座る脇屋さんが「どうやって付き合った？」と大きくカクカクした文字が書かれたスケッチブックを掲げていた。

「付き合うようになったのは……」

何も考えずロを開いた。話して良いのか自分でも分からない。視界がぐっと狭くなっている。

「それは秘密です」

なんとも面白くない答え。誰かの落胆のため息が聞こえた。幻聴か本当か私には分からなかった。何故答えなかったのか。恥ずかしいからというのもある。けれど何より、榊のイメージを守るためのことだった。私の判断は間違ってない。

「え〜、じゃあ榊さんのどこが好きだったんですか」

先ほどと同じ華美な女性が軽々しく聞いてくる。質問案の中にあった一つ。安心して答えられる質問。

「榊の好きなところは、到底一つに絞りきれないんですけれど。やっぱりスターでしたから恰好《かっこう》良いというのは当たり前ですし。でも一番は紳士的で優しいところかもしれません。常に周囲に気を配る人でしたし、人間として完璧《かんぺき》だなぁって。こんなこと改めて口にするのは恥ずかしいんですけど。ベタかもしれないですけど、私が体調崩したら看病してくれたりとか」

事前に考えていた答え。私が話しきると、質問した女性は、

「え〜、イケおじ！」と一言だけ叫ぶように言い、スタジオ全体に笑いが起きた。

もう私はひと仕事終えたような気持ちで皆と一緒に声を出して笑えた。

「本当に私のことを大事にしてくれるのが好きな一番の理由ですね」

自分のターンを締めくくる合図のように言う。

「僕はよく榊さんと飲みに行かせてもらってて、家で美紘さんも含めて三人で飲んだこともあったんですけど、美紘さんのこと大事にしてるんだなっていつも思ってました」

茂野くんが私の目をしっかりと見つめて言った。端整な顔立ちがふわりと微笑んで、私も微笑み返した。


インタビューはあっという間に終わって楽屋に戻った。

私の出演部分が番組の最後の収録だったけれど、私がスタジオを出るときも収録は続いている雰囲気だった。女性のスタッフさんに楽屋まで案内され、ピンマイクは楽屋に置いておいてくださいとだけ伝えられた。

楽屋に一人。今日一日分の力を使い果たし、椅子にもたれかかる。意識は身体の深い所に沈んでいって、五感の全てが朧《おぼろ》げで捉《とら》えきれない。半開きの口が乾いていく。それだけがたしかな感覚だった。

そういえば私はいつ帰れば良いのか。しばらくうなだれてから気になり出す。収録が終わったけれど勝手に出て行って良い訳ではないのだろう。気怠い両足で立ち上がり、重い扉を開けて廊下を覗いてみる。スタッフさんは勿論、誰一人歩いていない。とりあえず衣装から普段着に着替えて席に再び座った。空腹ではないけれど、糖分が不足している実感だけがあって思考は回転数が足りず、気を抜くと呆《ほう》けてしまう。机の上の小さなバスケットに盛られたお菓子の小袋からキャンディを手に取り口に入れた。

スマートフォンを開いてもみたけれど、特段連絡もなかった。今日は逗子の家に帰るから晩御飯はどうしようか。そこまで考えたけれど、その先にはどうにも進んでいかずにただキャンディが小さくなり消えていくのを確かめていた。

口内が甘ったるい唾液《だえき》で覆われるだけになった。ペットボトルの緑茶を一口含んで洗い流すと、私が一人であることがより一層強く感じられた。

ドアが小さく優しく二回ノックされたのは、それからすぐのことだった。

「失礼します。茂野です」

ドアに阻まれ、聞きとれるギリギリの声量。ドアを開ける。茂野くんは思った以上に大きかった。背が高いのは知っていたけれど、スーツの身体がぶ厚い。留められたフロントボタンを中心に生地がパンと張っている。

「美紘さん、収録お疲れ様でした」

頭を下げても十分に背が高い。

「お久しぶり。こちらこそありがとうございました」

昔、榊と一緒に会っていたとき、私からは友達口調で話していたけれど、今目の前にすると途中で敬語になってしまう。敬語やめてくださいよ。タメ口で良いですからと茂野くんは笑った。

「大きくなった？」

私が取って付けた馴れ馴れしさで尋ねると、

「来年から映画の撮影があるんです。時代劇で殺陣《たて》の稽古《けいこ》の真っ最中でして」

自分のみぞおち辺りを覗き込むようにして言った。

「中で話す?」

茂野くんに私の楽屋に入るように促すと、一礼して入室した。稽古の成果なのか、身体に軸があって貫禄のある美しい所作だった。

「お会いするの、三年振りですよね」

「そうなるかなぁ。三回忌法要は親族だけだったし」

「こんなにちゃんとテレビに映ることなんて今までありました?」

「初めてかもしれない。ニュースに映り込んだりとかはあったけど」

「葬儀のときですか?」

「うん。後は映画祭のときとかかな」

「なるほど」

二人とも座らず、所在なげに会話する。私はまるで潔癖症みたいにテーブルをアルコールティッシュで拭う。きっと茂野くんは、私には見えないけど、天井でも眺めているような気がする。ヘリコプターのローター音がやけに鼓膜に響き余韻を残す。じゃあ行きます。そう言ってくれるのを私は願っていた。

「いや〜、でも美紘さんも健気《けなげ》ですよね」

茂野くんの顔を見上げるように視線を移す。彼はやはり天井を眺めていた。

「え、何が？」

「榊さんのためにここまで協力的で。うちの事務所に何か言われてるんですか？」

私は話の流れを完全に見失っていた。意味が良く分からない。「事務所」という言葉に何かネガティヴなニュアンスだけが感じ取れた。

「いや、事務所の方からは何も……だけど。どういうこと？」

「まぁ、榊さんは愛妻家のパブリックイメージもありましたしね。亡くなってからもしっかりブランディングしてるから、事務所に言わされてんのかと思っちゃって」

「あ〜、そうだね」

何も飲み込めていないまま声だけ出す。榊の話なのに茂野くんは酷《ひど》い痛みに苛《さいな》まれたような顔をしていた。

「だって美紘さんも辛くなかったですか。見せ掛けのおしどり夫婦演じ続けて」

血の混じった唾《つば》を床に吐き捨てるみたいに言う。

「いや、でも本当に仲良かったよ」

「あんだけ浮気しといて？」

茂野くんと目が合った。自分の表情がどうなっているのか分からない。

「美紘さん、めっちゃ役者ですね。映画出れますよ」

掠れた笑い声が聞こえる。記憶の断片が視界を占拠してぐるぐる回る。いまだ記憶の中の榊恭司が優しく微笑みを浮かべ、内臓から込みあげた黒い混沌《こんとん》とした感情の渦の中に沈んでいった。


朝。私は昨日どうやって逗子まで帰ったのか分からなかった。昨日のことなのかどうかすら、スマートフォンのカレンダーを見るまで分からずにいた。

下着姿のままでベッドに横たわっていた。枕カバーはファンデーションとマスカラが混ざって汚れている。目元をこすると悲しみの残骸《ざんがい》のような黒い目やにがポロポロ落ちた。食欲も無くて、身体を起こすだけの力みにすら耐えられそうにない。目のふちが痛い。喉も眼球も鼻孔も張り付いたように乾いている。冷蔵庫に飲みものを取りに立ち上がるのに一時間以上要した。

ペットボトルの水が零《こぼ》れるのも気にせず急いで飲み干す。細胞のひとつひとつが水を吸って身体の機能が正常に戻っていき、私は泣いた。

涙が流れるより先に嗚咽《おえつ》が漏れ出る。胃液が口内に滲み出る。榊恭司。浮気。その二つの言葉が私の脳をかきまぜて平衡感覚を消し飛ばし、床に膝を打ちつけるように倒れ込む。痛みは感じると同時に皮膚に染み骨に染みて消えていく。床に額をすりつけて泣く。湧くだけの悲しみを涙に声に変えた。

私が信じ慕ってきた榊恭司とは何なのだろう。床から立ち上がった私は随分冷静だった。ずっと榊恭司を信じ慕ってきた私は何だったんだろう。榊恭司が死んでも、私はずっと無自覚に二人で生きてきたのだった。今初めてそう感じた。それ以外に選択肢なんて無かったから。何が私をそうさせたのだろう。洗面所に立つ私はまだ下着姿で、骨張った身体に痣《あざ》がいくつも残っていた。下半身を見ると膝や脛はより色濃く赤黒い。泣き喚《わめ》き、擦って腫《は》らした顔が醜く無様に鏡に映っている。

美意識。私を榊に寄り添わせ続けたのは美意識なのかもしれない。葬儀のときの私は美しかったと今目の前に映る私を見て思う。裏切られた。榊恭司に。それに気付かず三年間。何も知らずに生きてきた。誰と恋することもなく。セックスもせず。榊恭司の妻であり続けたから。けれど本当は、三年間、私は一人だった。

三年？　ほんとうに？　〝あんだけ浮気しといて？〟茂野くんの挑発的とも受け取れる表情と台詞を思い出す。この一言を境にしてそれ以降は何一つ覚えていない。なのにこの言葉だけが嫌に残って鼓膜から剝がれない。〝あんだけ〟あんだけってなに？　一度や二度じゃない。常習的に。そんなニュアンスのある言葉。じゃあいつからなの？　榊恭司はいつから私を裏切ってた？　脳内での自問自答が煮え切って胃が跳ねた。何も食べていない胃から黄色い消化液だけが水っぽい音を立て洗面台に吐き出される。顔を上げることが出来ない。毛先が洗面台の胃液に触れている。前を向くだけの気力も理由も私には残されていない。胃液と涙と鼻水が混ざっているのを見ていた。

半狂乱のままどれくらい経っただろうか。

穏やかな日差しがいたるところに反射して部屋の中を白々と照らす。空腹を感じる。身体のあちこちが痛み、二日振りのシャワーが消毒液みたいに染みる。清潔な下着に着替えて地味なワンピースを着て、ダイニングに腰掛けた。やっと精神の均衡が保たれ始める。粉末のコーンスープをたいしてかき混ぜないまま飲んだ。悲しみと怒りの土台の上に私は立ち上がって、もう一度榊のことに想いを巡らす。

浮気という言葉が私の人生に現れたのは初めてのことだった。茂野くんのいやに迫真の言い方も相まった。けれど真偽は何も分からない。茂野くんが嘘を吐いているとも思えないけれど、何一つ浮気の確証はない。

私の知らない榊が存在するような茂野くんの言い方への反発心が無い訳ではなかった。調べて確認しよう。榊恭司と過ごした日々が真実だったと。決心がついた。気が早いかもしれない。けれどほんの少し晴れやかだった。

黄色い湿った粉がざらつくマグカップをシンクに下げる。冷凍庫から五穀米を取り出して、電子レンジに放り込んだ。

何か料理する気も起きずに五穀米を漬物だけで食べおわり、スマートフォンを開く。待受画面の榊恭司。何となく直視出来ず、視線を外す。けれどわざわざ設定し直すほどではない。新しく設定すると傷付いている私になってしまいそうな気がする。チラリと見えた画面の日時の表示は、スタジオ収録から丸二日過ぎていた。

スマートフォンの着信履歴にはマネージャーだった丹波さんからの不在着信が残されていた。ＳＭＳにも、

「収録お疲れ様でした。最後ご挨拶出来ず申し訳ございません。」と丁寧なメッセージが残っている。四十時間以上前だから、収録の数時間後に電話してくれたのだろう。

考えなしにリダイヤルをタップする。ツツツと小さく電子音が鳴ってから焦りが生じ始める。本当になんの考えもなかった。何か手がかりを得たいとは思う。けれど私は駆け引きが出来ない。

純真無垢《むく》という訳ではけしてないが、要望や願望を他人に真正面から伝えることでしか何かを達成してきていなかった。呼び出し音が鳴り始める。四度、五度と鳴って息苦しさを感じて、全身の筋肉が強張って無意識に呼吸が止まっていることに気付く。と同時にスマートフォンから声が聞こえた。

「お疲れ様です丹波です。美紘さん、大丈夫ですか」

一息に言いきられ、口調から心配が伝わってくる。しっかりと肺に空気を満たしてから、

「丹波さん、お疲れ様です。ご心配おかけしてすみません。全然大丈夫です」

ほんの少しの嘘。とても自然な言い方だった。

「そうですか。なら良かった。二日も返信がないなんて初めてでしたから。何かあったかと思いました」

一転して声から安堵《あんど》が伝わってくる。硬直した表情筋が緩み、顔が間延びしていくのが容易にイメージ出来た。

「こちらこそご挨拶出来ずすみませんでした」

いきなり核心に迫るための妙案があるはずもなく、話し続けることしか出来ない。

「収録のとき、私大丈夫でした？」

「えぇ、勿論。素晴らしかったです。輪島も堂々と話される美紘さんに驚いておりました」

「そうですか、輪島さんにもよろしくお伝えください」

言い切って、会話が終わってしまいそうな方向に自ら舵《かじ》を切ったような気がして次の言葉を焦って探した。丹波さんの、またよろしくお願いしますという文言が聞こえる。私は考えがまとまらないまま、

「天国の榊はどう思ってるでしょうね」

変に深刻そうな文言が、思ったよりも暗いトーンで声になった。

「えっ」

「あぁ、いえ。深い意味はないんですけれど、私なんかが榊恭司の話をしているのを、天国で彼はどう思っているんでしょう」

「間違いなく喜んでいると思いますよ。どうしました？　何か気掛かりな点がおありですか？」

心配そうな丹波さんの声が心苦しい。にもかかわらず、自分の本当に聞きたいことに辿《たど》り着く道筋がまるで分からない。

榊は私だけを愛していましたか？　そうシンプルに尋ねられたら、どんなに楽だろう。

「榊恭司のことをもっと詳しく知っている方が誰かいらっしゃったんじゃないかって。丹波さん誰かご存じじゃないです？」

「美紘さんより榊さんと親しかった人なんて……いますかね？　榊さんのご両親とか……お二人とも随分前に亡くなられていますけど……」

「たとえば、私以外に……そうですね」

一瞬の沈黙が流れる。

「私以外に親しい間柄だった女性とか……」

ずっと普段使わない脳を回転させ、じれったくなったのか、私自身、何故言ってしまったのか分からなかった。

「は？　親しかった女性ですか？」

怒りにも呆《あき》れにも取れる声。怖い。けれどもう引くことは出来ない。

「丹波さん。心当たりありませんか」

今日一番低く芯《しん》のある声で私は言った。

「美紘さん、よく聞いてください。美紘さんの真意は私には分かりかねますが、たしかに榊さんは美紘さんのことを愛してらっしゃいました。榊さんのかつての、結婚前の女性関係は私には分かりませんが、美紘さんと一緒になってからはずっと美紘さんだけを愛してました」

私以上に低く芯のある、優しい声だった。目がじんわりと温かくなった。

「そうですか。すみません。忘れてください」

そう言うだけで私は精一杯だった。返答も待たずに通話を切る。なぜ泣きそうなのかは理解出来ない。けれど泣いているのを丹波さんに悟られることだけはどうしても許せなかった。

何を信じるべきなのか。誰を当てにしたら良いのか。丹波さんと話して、いよいよ分からない。

茂野くんが言っていた〝事務所〟という言葉のいやな響きを思い出していた。しかし丹波さんの言葉の誠実さを疑いきることも出来ない。ダイニングに一人。食べた分の糖分はもう全て使い切ったように思われた。

次の打つ手が分からずに私は数日間手を付けていなかった仕事のことを思い出した。収録が土曜日だったからさして影響はない。

映画配給会社の海外コンテンツ事業室。海外の映画制作会社やスタジオとのメールのやり取りが主な仕事で、月に一度ほどしか出社せず自宅での作業が多い。今朝韓国のスタジオから送られてきたメールを開く。ホラー映画のポスターの画像をデザイナーに転送して日本語版の制作を依頼する。英語が出来れば簡単な仕事だ。

大学の頃留学経験があるから、あまり苦労することもない。仕事が好きということはない。けれど榊と引き合わせてくれたから私の人生において仕事は大切な要素だった。だから結婚しても辞めずに続けてこられた。榊も私の意思を尊重してくれていたし、家庭に入って欲しいと言われたことはなかった。

目黒の本宅で私はよくリビングで仕事をしていた。部屋の数に余裕はあったけれど自分の書斎は作らなかった。私が仕事をしている間、榊は話しかけてこなかったし、私の視界にすら入らないよう気を遣った。その間、彼は自室に籠《こ》もっていた。目黒の本宅はもう手放してしまった。けれど榊の書斎にあったものは、全て逗子の別邸の客室として使っていた部屋に運び込んだ。たまたま間取りが同じだったから、配置もそのままに目黒の書斎が逗子に再現されている。付き人の進藤さんの提案だった。榊さんは書斎にこだわっていたからと。

書斎が逗子に移されてから、まだ入ったことがない。入りたくなかった。悲しくなるから。榊との温かく幸福な記憶に寄りかかって生きていきたかったから。榊は書斎で倒れ、亡くなった。


扉の前に立つ。ドアノブに手を掛けてから腕に力が入らず、全身から力が抜け、平衡感覚さえ失うようになった。私の判断が本当に正しいのか。丹波さんの電話から得られたことは何もなかった。

茂野くんに電話することも考えたけれど、気が進む訳もない。今一番手近なのは榊の書斎に入ることだった。扉の下のわずかな隙間から、書斎に差し込む西日が液体のように漏れ広がり、私のスリッパの足に絡みついていた。胸が痛かった。榊の書斎に忍び込み、物色するなんてやって良いことではない。榊と暮らしているときだって書斎に立ち入ったのは数回しかなかった。最後に入ったのが榊の命日。詳細は覚えていない。水の中で目を開いたように景色は朧げで、だれかの言葉や私の勝手な想像で補完されている。

心が乱れているからなのか、思考が完結していかない。ガラスの一点に衝撃が加わり、放射状にヒビが広がっていくみたいに予期しない考えが走り出して止まらない。

決心がついたのはドアノブを握ったまま立ち尽くして三十分経ってからだった。

とりあえずドアを開けるところまでは問題ないだろうという考えに落ち着いたのだった。

書斎に注ぐ西日は先ほどよりも煮詰まったように濃い色だった。

目を細めて部屋を見回す。

かつてと何も変わらない書斎が眼前に広がった。証拠を掴もうという気持ちは浄化され消え去り、ただ郷愁だけが胸にあった。ここは目黒の本宅じゃない。なのにあのときと同じ空気が漂っている。

一歩踏み込む。スリッパの床を擦る音が大きく響いた。両側の壁には重厚で背の高い木製の本棚が一面配置され、たくさんの書物とドラマや映画の台本が並ぶ。歴史書が多いのは時代劇に出ることが多かったからだろう。部屋の中心に机と椅子がこちらを向くように配置されている。琥珀《こはく》に封じ込められた虫のようにあの頃が閉じ込められていた。

アンティークのレザーチェアは本棚と机の色に合わせたこげ茶色、部屋の家具の全てが差し込む夕日に輪郭が溶けていた。部屋の中心まで歩いていき、レザーチェアに座る。榊の見ていた景色が見たくなった。注意深く背もたれに体重を預けると軋《きし》み一つなく私の身体を包み込んだ。座ると部屋がより広々として、両側の本棚は圧迫感より安心感を与えてくれる。

辺りを注意深く眺める。机の右側、三つ縦に並ぶ引き出しの一番上、紙が一枚挟まっていた。引き出しを開けるのだけはどうにも出来ず、紙を注意深く引っ張ることにしたが、その途中で引き出しが音を立てて開いた。私が抜き取ろうとした紙は診断書だった。榊は癌《がん》治療の最中に亡くなった。癌治療をしていたことは世間に公表されていない。事務所の人間の一部と私以外は知らないことだった。

初夏の頃、私は大学病院に榊と向かった。地下の駐車場から通された関係者通用口には丹波さんと数人の医療関係者が集まっていた。癌検診の結果に関して話しておくべきことがあるとだけ伝えられていた。

診察室に通されたとき、あまりの明るさに慣れない目がチカチカとした。座らされた丸椅子のキャスターはすべりが悪くイルカが鳴くような音がする。やってきた数人の医者が挨拶もそこそこに大きなモニターに白い霧がかかった釣鐘のような画像を映す。

検査結果のプリントを二枚テーブルに置かれ、榊が肺癌であることを伝えられた。榊は私の手に自分の手を重ね、スカートの膝に置いた。榊の顔を見上げると柔らかく角のない笑顔で私を見た。

病状はけして重くはないとのことだった。秋に控える映画の撮影のために在宅での放射線治療のみ、四ヶ月後のクランクアップのあとに改めて治療の方針を決める。そう説明を受けた。帰りの車内、榊は普段と何も変わらなかった。私を心配させまいとしていたのだろう。普段より暗くも明るくもなく振る舞っているように思えた。

ケーキ屋に寄ろうと言い出し、二人で街角の小さなケーキ屋に入った。榊の急な入店に驚いた店員と写真を撮って、ケーキを買って帰った。癌であると聞かされた以外、何一つ変わらない穏やかな日を榊は演じているように見えた。

私は紙を引き出しに戻して部屋を出た。部屋にいる間、榊との記憶が否応《いやおう》なしによみがえるのが怖かった。


曇り空と銀色の海がひと続きになった朝。窓を開け放つと湿気を含んだ空気が吹き込んで、

「雨が降る前には終わると思いますよ」

持参した青いエプロンと三角巾《さんかくきん》、白いマスクを身に着けた進藤さんはいかにもやる気に満ちた様子で肩を回した。

昨日私が耐えきれず榊の部屋を出た後、進藤さんに連絡を取って二人で大掃除をしようと誘ったのだ。逗子の家に書斎を移動させてから半年に一度進藤さんは掃除にやってきた。自分の提案で書斎を移したことから来る責任感もあるだろうけれど、榊へのひたすらな忠誠心がそうさせている。私にはそう思えた。毎回自ら掃除用品を持ち込み、墓参りに来るかのように丁寧に時間をかけて掃除をして帰る。

もう少し怪しまれるかと思っていたが、私の分の掃除用品まで用意すると嬉しそうに言って電話を切った。用意してくれたエプロンは私の好きなミントグリーンで、三角巾もわざわざ同じ色に統一されている。感謝の言葉を述べる隙もなく、進藤さんはバケツに水を汲《く》み、三つに分かれたはたき棒を組み立て、掃除に取り掛かろうというところだった。

「美紘さんは本棚をお願いします。こちらのはたきで本の上の埃を落としてから、こちらのふきんで棚部分を拭いてください」

私にはたきとふきんを手渡してくれた。

「あっ、あとゴム手袋とマスクをお忘れなく。美紘さんのお身体が第一ですから。私は窓の掃除から始めますので。何か分からないことがあればなんなりと」

マスクにこもった声で表情も見えないけれど、笑顔であることだけは分かる。進藤さんの裏表なくいつもハツラツとして明るい人柄は出会ったときから変わらない。几帳面《きちょうめん》に書籍のサイズごとに区分けされた本棚。平らに並ぶ紙の横列に優しく、猫の尾に似たはたきを掛ける。スノードームをひっくり返したように大小の埃が舞う。

初めて榊と二人で食事に行った一月。ビルの建ち並ぶ殺風景な大都会を粉雪が淡くぼかしていた。池尻《いけじり》からも三茶《さんちゃ》からも少々行き辛い三宿《みしゅく》の古民家風の和食屋さん。花の香りのするおしぼりを手持ち無沙汰に折りたたんでいる途中に榊はやってきた。

約束の時間通りに来たのに早く着いてしまっただけの私に頭を下げた。テーブルの上の蠟《ろう》燭《そく》の揺れる火が榊の影を壁面に大きく映していた。二十五歳も年上の芸能人を目の前にして、一般人の私が何を話しても場違いのように思える。薄暗い個室。

「無理だけはせず。明日もお仕事でしょうから」とだけ言ってドリンクメニューを差し出す榊の表情は良く見えない。

私はウーロンハイを。そうつぶやくのが精一杯だった。適した敬語が思い浮かばずに語尾を言い切らなかったのが失礼に思われてはいないだろうか。言ったそばから後悔が胸にうずまく。やってきた店員にビールとウーロンハイを頼んだ直後だった。

「あと、蛍光灯を点けていただいても構いませんか」

榊は言った。店員が壁のスイッチを押す。天井の蛍光灯が刹那二、三度明滅してから清潔な光が部屋に満ちた。カラメル色の柔らかな木目のテーブルの向こうで榊は映画のワンシーンのように堂々と座っていた。

「すみません。お気遣いを……」私が言うと、

「いえいえ。初めて食事に誘ってこんないやらしい照明は私も心外ですから」

その日初めて榊恭司と目が合った。普段通りの顔と声なのに冗談と分かる。私が小さく笑うと遅れて榊も笑顔になった。

食事が終わった十時前頃。外に出ると店の前に車がぴたりと横付けしてあった。店から出て車までの数歩の距離を傘をさしてくれたのが進藤さんだった。少し粒の大きくなった雪が舞って進藤さんの黒いスーツに溶けていった。

一人先に出て車に乗せてもらった私に、

「榊の付き人と運転手をさせていただいております」とだけ言った。お名前は、と私が聞くと、

「いえ、私の名前なんて覚えていただかなくてよろしいです。脳の容量がもったいない」と瞼《まぶた》にぐっと力を入れて言った。いえ、お名前ぐらいはと私が食い下がっても頑《かたく》なに、

「いえ、私は付き人ですから」と言って、あげくには、

「こんなにドアを開けていてはお身体が冷えてしまいます」とスライドドアを閉められてしまった。

榊が遅れて車内に入ってくると、実家で暮らしていた私に、親御さんへと言ってお土産を渡してくれた。上品な和紙の包み紙に甘味と書いてある。

「進藤くんはこれ。まだ夜食べていないだろう」

そう言って榊は後部座席から運転席へ紙袋を手渡した。

「あっ」

進藤さんは後ろを振り向いた。目と口が限界まで開いていた。そのときから、進藤さんの意に反して私の脳の深い所に進藤さんは刻まれている。

急に大きな音が鳴って身体が跳ねた。窓枠の隙間にノズルを付けた掃除機を差し込んでいる。空気を吸う轟音《ごうおん》の中に小さく進藤さんの鼻歌が聞こえた。

「進藤さんはいつから榊の運転手をやっていたんですか」

ふと思った疑問を口に出す。そうしても明るく答えてくれるだろうと思える雰囲気を進藤

さんは常に纏っている。

「はい？」

掃除機のモーター音が小さく折りたたまれるように止んでいく中、進藤さんのとぼけた声が聞こえた。

「いつなんですか？　進藤さんが榊の付き人を始めたの」

「それはまた急に。何でです？」

「急に気になったんです、榊にも聞いたことなかったので」

「十五年くらい前ですかね。劇団の知り合いに紹介されて出会って拾っていただいたんです。結婚するから演劇をやめて働こうと思うとお伝えしたら、付き人と運転手やらないかって誘っていただいて」

「元々は役者やられてたんですか」

「はい。テレビや映画にも少し出てました。榊さんと比べたら雲泥の差なんですが」

いいえ、そんなことはと声になりかけて口をつぐんだ。榊と私が出会うより随分前のことだから、時を遡《さかのぼ》って口を出すべきことではないように思われた。

「榊さんとは同い年ですから。スターほど早く逝って、皮肉なものですね」

私は余計に何も言えなかった。進藤さんはマスクのワイヤーの鼻に当たるところをしきりに触っていた。

「でも榊さんの付き人で良かったと思います」

私に背を向けたまま、本棚のはるか上の辺りを見つめてつぶやく。榊に向けて言っているようにも見える。

「なんでですか」

純粋な疑問だった。不躾《ぶしつけ》に聞こえたかもしれない。特定の個人の身の回りの世話と送迎を行う職業があまり理解出来ていなかった。

「なんで進藤さんは榊の付き人で良かったと思ったんですか？」

言い方がどうしても気になって、改めて問い直す。

「それは偏《ひとえ》に榊さんの人柄ですかね」

こちらを振り返った進藤さんの瞳は溢れそうになる涙で黒目のふちが揺らいでいた。けれど私の目をまっすぐ見つめ、涙がこぼれ落ちても視線を逸《そ》らそうともしなかった。

「榊は進藤さんにとってどういう人でしたか」

私も結ばれた視線を解かないまま言う。

「役者としてあれだけ成功して人格者で、というのは勿論のことですけど。榊さんは尊重してくれた。榊さんはただの付き人である私なんかを台本の読み合わせ相手にしてくださいました。運転手になってからずっと。時間のあるときにはいつも。台詞の不安な所を車内で読み合わせるんです。今の言い方はどう思うとか、どうしたら良くなるんだろうって私に意見を求めてくださって。私の意見なんか参考になさらないでくださいと伝えても、進藤くんの芝居は自分にはない素晴らしい所が沢山あったからと」

進藤さんの言葉に込められない気持ちが呻《うめ》きになって漏れた。身体を小さく折り、右手で顔を握り潰すように押さえる。呻きが手の平の空洞で反響して聞こえた。

「役者に未練があるのを察して気持ちを汲んでくれたのだと思います」

私も涙目だった。

頭の中に車内で台本を開く榊と進藤さんを思い描く。私からは見えない角度の榊恭司の優しさを我が事のように受け止めていた。書斎の床にぽたぽたと落ちる涙を誤魔化すように、窓から吹き込んだ風には雨粒が混ざっていた。

少しの休憩を挟んで、私たちは掃除を再開した。雨が辺り一面を叩《たた》き付ける心地好い音が

二人を包む。本棚を拭き終わる。進藤さんに次の指示をあおぐと、

「それではそのまま机を拭いてもらいましょうか」

泣いたことが負い目なのか、明るく言う。机の上には先ほどの雨粒が点々と付着していた。ツヤのある革で作られたペン立てとデスクライトだけの飾り気のない机。薄く積もる埃《ほこり》と水滴を拭き取った。昨日開けてしまった引き出し。この部屋で唯一物を仕舞っておける場所。辛い記憶も中には仕舞い込んであるような気がする。けれど昨日より心は強く保たれていた。

窓の掃除を終えた進藤さんは床の掃除に取り掛かっている。私は静かに引き出しを開けた。一段目。昨日発見した診断書。その他にも書類が重ねて保管してあった。特別怪しいものもない。

二段目の引き出しを開ける。引き出しの動きに遅れて中身がすべるのが振動で伝わってくる。カッターナイフやハサミ、彫刻刀。そのどれもが古びていた。土に長い間埋もれていたように所々錆《さ》びている。ペン立てに入れておくほどでもない文房具を乱雑に放り込んだという感じ。何となく、榊は身の回りの整頓《せいとん》にこだわりを持っているように思っていたから、意外だった。引き出しの内側には刃が幾度もぶつかり細かく傷が付いていていた。

三段目。一番底が深い引き出し。開くと名刺がびっしり詰まったプラスチックケースが入っ

ていた。数百枚はありそうなケース。持ちあげてみると重みで腕の筋がきりりと浮き上がる。

「榊さん、名刺ちゃんと管理されてたんですね」

突然声が飛んできて、首だけ捻って振り返る。進藤さんは私の肩越しに名刺ケースを見つめていた。マスクと三角巾の間から赤らんだ目だけが覗いている。罪悪感が突如湧く。何も言えずにいる私に、目尻を下げながら、

「美紘さんの名刺もあるのでは？」とおどけた。進藤さんの性格だから怒られることはないにしろ注意されるかもしれないと思っていたけれど、そんな様子は全くない。

「探してみましょう」とむしろ一緒になって楽しもうというような態度だった。


隙間なく詰められた名刺はプラスチックケースに張り付くように密着していて取り出すのに時間が掛かった。二人並んで名刺を確認する。トランプを配るようにして確認した名刺を机に重ねていく。竹芝《たけしば》、星川《ほしかわ》、影山《かげやま》、崔《チエ》。顔も知らない人たちの苗字《みょうじ》が、認識すると同時に次々と記憶から消えていった。これ、なんて読むんですかと進藤さんが見せてくれた名刺には〝喜屋武〟と書いてある。

「きゃんですよ」と私が言うとひとしきり笑った後、で本当はなんですかと再び尋ねた。何

度説明しても〝きゃん〟という苗字が存在することを信じようとしなかった。変に頑なな態度が面白かった。

机一杯に名刺が広がっても確認出来たのは半分ほどだった。吉田《よしだ》、田井中《たいなか》、中原《なかはら》。三枚がしりとりみたいに繫《つな》がる。次をめくると、一面ピンクの名刺が突然現れた。ピンクのつるつるとした手触りの紙に花の絵が全体にあしらわれている。〝Club Pizzicato 木崎寿々花《きざきすずか》〟先ほどまでの和んでいた気分が一瞬にして刺々しく変移する。茂野くんの顔が浮かぶ。


お手洗いに行くと言って部屋を出た。進藤さんは名刺の選別の手を止め、こちらを見てからいってらっしゃいと声を掛けた。部屋を出る前の一瞬、笑顔を大袈裟《おおげさ》に作った。

階段を下りてリビングに向かう。リビングのドアを閉めると同時にエプロンのポケットに忍ばせた名刺を手に取る。住所は銀座《ぎんざ》。俗に言うクラブというやつだろう。私はクラブというものがどういったものなのか詳しくは知らない。スマートフォンを取り出して〝Club Pizzicato〟をためしに検索する。ホームページは出てこなかったが、店内の内装の画像と求人情報が出てきた。日給3万円〜。時給6000円〜。私の想像するクラブは席に女性が付いてくれてお酒を飲む店だ。しかし、それだけの場所なのか。本当のところは分からない。

大人の社交に私は疎い。浮気の可能性があるともないとも言えない。芸能人の、しかも日本を代表するような俳優であれば、浮気や不倫相手はきっと普通の人じゃない。クラブで働く女の方が想像しやすい。名刺の電話番号は木崎個人のものなのか、それとも店のものなのか。私は電話を掛けてみることにした。

他の情報がないかと名刺を裏返すとボールペンで何か書いてある。榊の文字だとすぐに分かった。余所行きじゃない自分にだけ分かれば良いという走り書き。恐怖が指先を震わす。なんと書いてあるか分からない。けれど名刺にメモ書きなんて今までなかった。木崎寿々花に何か特別な思い入れがあるのかもしれない。そう思えて仕方がない。小さな文字でこんがらがったメモ書きの線を一本一本ほどくように認識していく。クシナカ。横書きのカタカナ。人の名前なのかもしれない。串中《くしなか》と店名と一緒に検索したけれど決定的な情報はない。私は電話番号を打ち込んで通話ボタンを押した。これ以上不安にかられて思案する時間が続くことに耐えられないと思った。冷たい電子音が鳴る。いつもと違ってリズムが不規則に聞こえる。

「はい」

女性の高い声。きっと電話越しに男性がいると思っているというふうな声だ。

「突然申し訳ありません。Club Pizzicato の木崎さんでお間違いございませんか」

威嚇するように、私は言葉遣いを丁寧に話す。

「はい、そうですが」

先ほどとは全く違う突き放すような冷淡さが伴った声色。テレアポ業者か何かと思われているのかもしれない。

「つかぬことをお聞きしますが、そちらのお店に榊恭司が来店していたことがございませんでしたか」

「は？　なんですか」

「そちらのクラブに俳優の榊恭司が来店したことありますよね」

「週刊誌か何かですか。知りませんし、お客様に関して話すことは何もありません。失礼します」

「あっ、それじゃあそちらのお店にクシナカさんという方いらっしゃいませんか」

電話を切られるかと思ってとっさに情けない吐息の交じった声が出た。

「くしなか？　そんな従業員はおりません」

そう吐き捨てられ、彼女の声は二度と聞こえてこなかった。

榊の妻と言えば何か変わっただろうか。信じてはもらえないだろうけれど、声色の変化で何か分かったかもしれない。店に行けば、もしかしたら話が聞けるかも。悲しみや不安よりも何故か怒りが勝ってアグレッシブな思考がよぎっていく。名刺をつまんだ指に力が入ってひび割れるように木崎の名前にシワが寄った。

十分ほどで私は榊の書斎に戻った。部屋に入ると机の上には今にも崩れそうな名刺の山が表面張力が働いたかのように絶妙なバランスで積み上がっている。

その向こうに立つ進藤さんが、

「美紘さん、ありました」と声を上げ、名刺を持つ手を振った。

声の振動か、腕の風圧か、名刺の山が雪崩を起こしバサバサと音を立てて床に散らばった。

「あぁ、元はと言えば掃除をしに来たのに」

と、進藤さんが情けなく叫ぶのを見つめていた。進藤さんは名刺を踏まないように足の接地面をとがらせ、太った猫みたいに私に近寄って、

「見つけました。海外コンテンツ事業室……あれ苗字なんと読むんでした?」

「ごしょぞのですよ」

私が言うと、進藤さんはへぇ～珍しい苗字と私の顔と名刺を見比べた。

御所園《ごしょぞの》。私の旧姓。ずっと寄り添ってきたけれど、もう私の元から離れてしまって久しい。もはや馴染みのない言葉だった。御所園であった時間の方が人生の中では圧倒的に長いのに、榊と結婚してからの濃密な時間が厚く降り積もって掘り返すことの出来ない地層になった。〝御所園〟という名前を博物館の化石を眺めるみたいな気持ちで聞いていた。

進藤さんが手渡してくれたかつての私の名刺の裏表を見てみたけれど、勿論メモ書きはない。それが悔しくて、けれど悔しく思っていることが不甲斐《ふがい》なかった。進藤さんは名刺を怪《け》訝《げん》そうな顔で見つめる私を、同じ顔で見ていた。

これだけ一生懸命に時間を費やして探し当てたのに明るい表情を作ってあげられない私が悪い。それほどに余裕がなかった。進藤さんは何も言わなかった。不機嫌であることはそのままに受け入れてくれようとしているように見えた。

「この名刺の人、知ってますか」

他人に物を尋ねるような態度ではない。声にした途端に言葉がぼとぼと床に落ちてしまうように、私は言った。私の名刺よりも煌《きら》びやかな名刺を差し出す。私の貧相な名刺と並ぶと私自身が否定されているような気分になった。進藤さんは明るい顔で名刺を受け取ってから、書いてある文字を見ずとも派手で特徴的な名刺というだけで、何かを察したようだった。

「あぁ、どこにありました？」

「あの名刺ケースに」私は出来る限り短く言う。

「榊さんは人付き合いを大事にされていましたし」

「クラブの女性との付き合いですか」

「いえ、共演者やスタッフとのです」

私に向いた視線が、私を貫き、遠くに据えられた。さっきまでよりリラックスして表情は和らいでいた。

「何かの機会がある毎にクラブで飲んでらっしゃいました。付き人の私も誘っていただいたこともあります。普通、運転手を酒の席に呼ぶなんてありえないです、だって運転出来ませんから」

「そうですか」

私は冷たく言った。熱を入れて話し始めた進藤さんに浴びせかけるようなつもりで言ったけれど、進藤さんは止まらなかった。

「私にとって、銀座で飲むなんてあることじゃないと思ってましたから、初めて行かせていただいたときは本当に嬉しかったですよ」

私のことを置き去りにして進藤さんは言う。

「そんなに銀座で飲むのが凄《すご》いことですか？」

「スターは銀座で飲むものですから。榊さんは別にお酒強くなかったですけど、後輩やスタッフに対してそういう姿を見せたかったんでしょうね」

「榊はお酒強かったですよね」

健康を気遣って家で飲むことはあまりなかったけれど、榊はお酒が強かった。

「いえ、榊さんはそんなにお酒強くなかったですよ。周囲の人たちにお酒弱いって思われるのがイヤだったから」

「どういうことですか？」

「榊さんはスターとして周囲からの期待に応《こた》え続けて生きてましたから。お酒を飲むのもクラブに人を連れていくのもスターとしての振る舞いだったんですよ」

私はあまり意味が分からないまま声も出さずにうなずいた。進藤さんは、ピンクの名刺を手に取って感慨深そうに眺めた。

「その裏のメモ何て書いてあるか分かりますか？」

進藤さんは裏面を見るなり、

「この日のことは覚えてます」
とだけ言った。噛み合わない会話が背筋をくすぐって私の気持ちをはやらせる。何につい
て聞くのが適切なのか、迷っている数秒の間に進藤さんは、「くしぎりですよ」と笑顔で言
った。四文字の音が、急なことで漢字に変換されずに鼓膜に留まっていた。
「くしぎりって何です？」
「銀座から目黒の本宅にお送りする途中、酔ってらっしゃった榊さんがくしぎり出来るかっ
て尋ねられたことがあって」
進藤さんが静かに話し出す。
「くしぎりって何ですかって、私もあのとき聞きました。林檎《りんご》のくし切りだよって。私はそ
んな切り方があるなんて知りませんでした」
私の目の前には過去の光景が広がっていた。一度も思い出すことのなかった記憶。
「林檎なんて自分で切らなくてもって言ったら、ドラマの役作りでなんて言ってましたけど」
目黒の本宅。ダイニング。林檎。榊。さっきまで忘れていたのに。今、目の前にある現実
よりはっきりと浮かび上がる。
「思い出しました。榊が林檎を切ってくれたの」

映像を言葉にしないで溜め込むと身体が裂けそうな気がした。

「榊が深夜、十二時を過ぎて酔って帰って来た日。私は榊が帰ってくるまでダイニングでパソコンと資料を広げて仕事をしてました。玄関に人の気配がして迎えに行ったらワインの渋い香りがスーツから漂って……」

涙が鼻の奥で滲んで、今香っていたワインに混ざった。

「コップに水を入れてあげて、榊は着替えもせずリビングのソファーに座ったままで。私はシャワーを浴びに行って」

お腹の底が震えて、語尾が揺らぐ。それでも話さずにはいられなかった。

「バスルームから出て、濡《ぬ》れた髪のままリビングに戻ったんです。榊は部屋着に替わってはいたけど、さっきまでと同じように座ってて。大丈夫って声を掛けたけど、目も合わせずにうんってうなずくだけでした。私がダイニングのパソコンを片付けに行くと、テーブルの上に林檎が置いてあったんです。くし切りの。私は一瞬なんのことか分からなくて。榊に、これ恭司さんが切ったのって聞いたんです」

恭司さん。そう口に出したのは久しぶりだった。初めてそう呼んだときのような気恥ずかしさが顔を熱くする。

「刀でねって。恭司さんは立ち上がって居合抜きみたいなポーズを取って笑ってました。台所を見たけど、林檎を切った残骸も残ってなくて。そのまま恭司さんはシャワーを浴びに行って、林檎を食べながら、何で急に林檎なんだろうって思ってたけど、嬉しかった。一個だけ皮をむこうとして林檎の丸い表面がガタガタと切り取られていて。上手くいかなかったんだなぁって思うと、かわいいなって余計に嬉しかったんです。バスルームに行ってドア越しに私が、ありがとうって言って、そしたら磨りガラスに恭司さんがお尻をつけたんです。泡だらけの肌が二つ丸く肌色の影になって、何も言わずにですよ。私は笑ってて。何であのとき恭司さんはあんなことしたんでしょう」

「照れ隠しですかね」

進藤さんが自分の考えを少しずつしぼり出して声にする。

「あとは、許してくれると思ったんじゃないですか。ふざけたりしても美紘さんにだけなら見せても良いって思えたというか。はっきりしたことは、私にも分かりませんが……」

「許してくれる……」

頭の中で辞書を開いて意味を確かめるように復唱する。

何故にこんなに印象的な記憶が失われていたのだろう。

「私、今の今まで忘れていました。不思議ですね」

「インタビューでお話しされているときはつぶさに記憶されていて凄いなと思いましたけど」

インタビューで話したのは役者でスターの一面だけだった。恰好良く、誰の想像の範疇《はんちゅう》からも溢れることのない榊恭司。彼自身がそう見られたいと望んだ姿。それを広めるのが使命だとずっと私は考えていた。恭司さんが亡くなってから、私はずっと間違っていたのかもしれない。正しいと信じていた生活が揺らいで足元がふらつく。乱雑に床に広がる名刺を踏み付けている。整理の付かない感情が行き場を失くして思考が進まない。雨の匂いが部屋の中にまで入り込んできている。

「クラブで、美紘さんが思うようなことはなかったと思いますよ」

進藤さんは言った。私の心を見透かしているようだった。

進藤さんが家に来た日から一週間雨は降り続けた。霧雨《きりさめ》が宙に浮いて空気を湿らす日もあれば、墨を塗ったように黒い雲から大粒の雨が降る日もあった。

私は一人家に閉じこもって記憶を遡っていた。一日一日は確かにあったはずだったのに、それらは大きな固まりになって解きほぐすことが出来ない。どうしても思い出すことが出来る記憶は限られていて、そのどれもが対外的な榊恭司の記憶だった。だから私は昔みたいに恭司さんと、声に出すときも胸の中であっても呼ぶように努めた。三年前から少しずつ変わってしまった呼び名を取り戻そうとしていた。

車に乗り込む。外出を決めた今日が一番雨が強く、私の決心全てが誤りだと天に諭されている気分になる。

一時間強の運転を経て、私はまた実家に帰ってきた。前回の帰省からそれほど時間は経っていないのに懐かしく思う。回顧する分、日常は止まって時がゆっくり進む。玄関に向かう煉瓦《れんが》の階段から流れてくる雨水がつま先を濡らして、靴下にまで染みて冷たい。大粒の雨が私の気配を隠しているのに、ドアの向こうでポコが吠えて走ってくる音がした。

ドアを開けるとポコが足に絡まるように寄ってきた。あらかじめ家に帰るとは伝えていなかったからか、誰も出迎えには来なかった。濡れたサルエルパンツの裾に伝わる小さいけれど確かな熱が私を安心させてくれる。

濡れて脱いだ靴下を咥《くわ》えたポコに導かれるように私はリビングに向かった。足の裏が床にひんやりと密着して、ひたひたと歩く。開け放されたリビングのドアをくぐるとただ灰色の家具だけが黙り込むようにあるだけで誰も居なかった。

「ただいま」

部屋の空間に向けて言う。天井が微かに震えて階段をどたどたと父が下りてきた。

「母さんじゃなかったのか、美紘、どうした」

父はパジャマのままだった。薄いブルーのパジャマ。『父親　パジャマ』とGoogleで画像検索したら一番上に出てきそうだ。シワだらけのお腹の辺りにブルーベリージャムのシミがついている。

「どうした、いきなり」

昼過ぎになってもパジャマ姿の父が不安そうに気遣っているのを、私は冷ややかに見ていた。十代だったら会話もすることなく受け流していたかもしれない。

「ごめん。何の連絡もせず」

あまり悪いとも思わずに形だけ謝って、電気のスイッチを押した。息を荒くしたポコがまぶしそうに私と父を交互に見上げていた。

父は台所に立ちお湯を沸かしてくれた。戸棚を片っ端から開けてあたふたとする父の背中を見て、ふと林檎を切ってくれた恭司さんもこんな風だったのかと思った。父が出してくれたのは急須《きゅうす》に入ったルイボスティーだった。

「お茶っ葉がどこにあるのか分からなくてな」父は真顔で言って、ポコに小さな肉の欠片を与え、マグカップに赤茶けたお湯を注いでくれた。

「母さんに用だったのか？　母さん、カルチャーセンター行ったから夕方になるよ」

「お母さん、何習ってるの？」

「生け花」

父は心底興味がないと示すみたいに唇だけ動かして言った。私も同調するように、ふーんとだけ曖昧に言って、二人を包む温かいハーブの香りに意識を向けていた。

「別にお母さんに用があった訳じゃないんだけど、お父さんに聞きたいことがあって」

「榊さんのことかい」

父は言った。私の目を見ていた。恥ずかしくなるほど目線が合っていた。

「何か気掛かりがあるのか」

父の話し方から榊の面影が見える。

「お父さん、榊、いや恭司さんと話し方似てるよね」

「う～ん、自分では分からないけど」

「今のも。似てる。声は似てないけど、間というか、言葉の選び方というか。昔はそんな話し方じゃなかったのに」

私が話し方について指摘したからか、父は返事をしなかった。喉仏からあごの先をゆっくり撫であげると、短いヒゲがちりちり音を立てた。

「この前、テレビの収録あったでしょう。家泊まった日。収録終わって関係者の人に恭司さんが不倫してたって言われた」

父の指が気道を押し潰すように止まった。

「証拠を見つけたいなって思ったんだけどね。最初は。でも恭司さん大人だし、芸能人だし事務所も大きくてちゃんとしてるし。証拠なんて残さないんだろうなって。もし不倫してたらの話だけどさ」

幼稚な語順で話し続ける私を父は微動だにせず見守っていた。

「疑うのが正しいことなのかも分からないし。だからもっと知って、判断したいと思った。私の見ていない時間の恭司さんを」

「俺の部屋で話そう」

マグカップを持って父は立ち上がった。


父の書斎に入るのは子どもの頃以来だった。書斎に入ると古い紙の匂いがした。仕事の香りだ。役所勤めということの他に、父の仕事について私は何も知らない。父は私を椅子に座らせて、デスクに腰を掛けた。

「正月。何年前だったかな。二人でここで飲んだな」父が口を開く。

「椅子がひとつしかないから、榊さんも俺も床に座ってな。榊さんはもうだいぶ酔ってた。リビングでも飲んでたからね」

「うん」父が記憶を遡るのに水を差したくなくて、私は小さく短く相槌《あいづち》を打つ。

「床に座ってるから上半身の支えが無くて、榊さんはくたびれてるように見えた」父は一呼吸してから、

「俺は美紘と榊さんの結婚には反対だったんだ。許したのは母さんだった。家の中に女の方が多いから、女の意見が強くてね。それこそ不倫するんじゃないかと思ってたし、年齢差もありすぎる。だから二人で飲むのはちょっと嫌だったな」

不倫という言葉が不意に出て、少し驚いたが、自分でも意外なほど落ち着いていた。

「そうだったんだ。すごく楽しそうにしてたから、てっきり仲良くなったんだと思ってた」

「まぁ、大人だから、お互いに。でも二人で部屋に入ったときは、俺だけは懐柔されないぞって思ってたよ」

父は恥ずかしそうに笑って言った。

「リビングで楽しく話してるように見えたから、母さんが二人で飲んだらって促してくれたんだけど、いざ二人きりになったら話すことなくて。私は床でなんて榊さんが言うから、結局二人とも床に座って椅子をテーブル代わりにしてさ」

「何話したの？」

私は二人が座っていたであろう床に目を落とした。二人の様子を浮かびあがらせるようにじっと見つめた。

「榊さんが手をついて頭下げてさ。謝ったんだよ。時代劇で見たみたいに。綺麗な所作だった」

「何を？　謝ったの？」

私は榊がちゃんと謝ったというところを一度も見たことがなかった。役者として、小松帯《こまつたて》刀邸《わき》で坂本龍馬《さかもとりょうま》として頭を下げている古い映像しか見たことがなかった。

「何で謝るんですかって聞いたら、美紘が俺と年齢の変わらない男に嫁ぐことで不安にさせたからって言ってた。勿論私に悪い点がある訳ではないですが、お父様には納得いかない所があると思いますって。結婚に至るまでに誠実な手順を踏んできたとは思います。それでも全員が納得出来る手順であったかずっと悩んでいたと」

父は少しだけ声のトーンを変えて榊の言葉を再現した。

「正月から酒の席で言うことではないとは分かっていますが。私から話さないのは違うだろうと思いましてと。娘さんが結婚して摑む普通の幸せを、年齢差のある芸能人の私が阻んでしまうと思うのが親心だろうと思うって」

「そんなこと一度も聞いたことなかった」

「言わないでくださいって榊さんに何度も念押しされてたからね」

「その一回で恭司さんを信用出来るようになった？」

「うん。榊さんってテレビで見るとプレイボーイっぽかったけど、たどたどしく話してさ。それに凄く思慮深い人なんだって思えてね」

たどたどしく話して弱さをさらす恭司さんを、私は想像することが出来なかった。

「私の前ではずっとテレビに出てるのと変わらずに堂々としてたから、全くそんなこと予想してなかった」

「恰好つけたかったんじゃない？」

「そういうものなのかな」

私が言うと父は柔らかな表情で何もない空間に視線をやった。温かい記憶に浸る人は決まってこういう顔をする。

「美紘さんは私との結婚を嫌がってませんでしたかって突然言い出したんだよ。もう帰る直前くらいだったな」

「本当に？」

私は信じられなかった。恭司さんは常に自信に満ちた人だった。

「酔ってて記憶違いじゃなくて？」意図せず語気が強まる。

「本当に。何か心配事がおありですかって、こっちが聞いたらさ」

父の瞳の輪郭がじわっとぼやけて白目に溶けていた。

「心配は尽きないです。私との結婚を美紘さんは後悔していないだろうかと毎日不安になります。だから美紘さんを精一杯幸せに出来るように努めますって。あと、結婚して、苗字が御所園から坂本《さかもと》になったのを美紘さんは気にしてたりしませんかって。消え入りそうな声で言ったの」

坂本。今の私の苗字。そうであることを今意識した。榊美紘だと思って今日まで生活してきた。公的な書類には勿論〝坂本美紘〟と書く。けれど自分が榊であるという意識が、榊恭司の妻であるという無意識な自覚がずっとあり続けていた。鼻にかけていた訳じゃないし、そうならないように気を付けていた。けれどそれは、榊以外の他人に向けた態度だった。

裏表のない人だと思っていた。彼の言動に理由などなく、ただスターであるが故にそう振る舞っていたのだと思っていた。優しさも恰好良さもスターであるからであって、私のことを思ってしてくれていたのだと。家にいるときも恭司さんはずっと榊恭司であり続けようとしていたのかもしれない。無理をして。不安も孤独もない人だと思っていた。榊恭司は多くの人に愛されていたから。けれど私も多くの人と同じ愛し方でしか恭司さんと向き合っていなかった。坂本恭司という素の自分で居させてあげられなかったのは私の接し方がいけなかったのかもしれない。無意識に私が求める国民的俳優としての完璧な理想像に彼は自分を押し込めていた。今となっては行き場のない後悔が溢れてくる。涙も出なかった。榊恭司と結婚出来たのも嬉しいけれど苗字が坂本になって幸せだったよと伝えられずに恭司さんは逝った。そう思うと私はもう言葉を継ぐことが出来なかった。

帰りの車内で一人。音楽も掛けず雨が車体を打つ音が私を打ちつけるように身体に響いた。不倫を疑っていたけれど、もうどうでも良かった。私は見ていなかった。恭司さんを理解していなかった。一時の不安で過去を全て色のないものにしようとして、気付かされた。

父は玄関で私を見送って、

「墓参りは一緒に行こうか」と言ってくれた。一人で墓前に向かう自信もないし、そもそも行けるか分からないけれどＯＫしてきた。

私が思い出す恭司さんはいつも同じ。俳優としての榊恭司。結婚生活だと思っていたものは、シアターで席に着いて、スクリーンを眺めているのと変わらなかった。ファンと一緒。私は恭司さんの幸せに何か作用することが出来たのだろうか。

収録の日、恭司さんと交際に至った経緯を、私は秘密ですと言ってはぐらかした。けれど本当は思い出せないだけなのだった。交際を申し出たのは恭司さんだった。文言は記憶から消されている。きっと私の期待する完璧なスター像から外れていたからだ。緊張して言い淀んだのかもしれない。照れて笑ったのかもしれない。信号待ちの間、目を閉じてみるけれど、記憶を辿る糸口さえ見えてこない。

もう二度と言葉を交わせない隔たりが私と恭司さんの間にあることが怖い。死んだという事実が今までで一番奇怪に感じられた。

幸せでしたかと問えば、幸せだったよと言ってくれそうな気がする。けれどそれは俳優としての、榊恭司としての言葉で本心じゃないかもしれない。そうじゃないと言い切れるだけの自信が私には無い。そしてそんな会話はもう二度と成立しないことを思い出す。

大スターの未亡人として生きていくことが使命だと思っていたけれど、恭司さんが生きているときも私は死んでいたも同然だった。

未亡人という言葉を思い出す。未だ亡くならずに生きている人。昔は乱暴で下品な言葉だと思っていた。榊が生きているとき、私は生きていたのだろうか。独りである私が雨の車内で際立っている。

ただ君に幸あらんことを

〝限界かも〟

〝受験〟

金曜日、仕事終わりの飲み会帰り。散らかったリビング。スーツのままだらしなく寝そべったソファーの上。無益と分かって眺めるTwitter。タイムラインを映したスマートフォンの画面に、小さく表示されたメッセージが飛び込んできた。

メッセージをタップするとLINEが開き、千世《ちせ》とのトークルームが表示される。

思いもよらないLINEに僕は戸惑っていた。別段兄妹仲が悪いという訳ではない。けれど千世から連絡が来るのがまず珍しかった。それになにより、僕から受験に関して言えることなどなに一つない。つまらない謙遜《けんそん》じゃない。僕はずっと勉強において、兄として醜態を晒《さら》し続けてきた。その姿を一番近くで見せられてきたのが千世だ。

なんと返してあげたらいいのか分からずに、しばらくメッセージを見つめていた。LIN

Eの背景の青空が雷雨を予感させるように暗鬱《あんうつ》になり、最後には暗闇に変わった。

〝受験勉強おつかれ〜

大丈夫か〟

無難で、なにも救えないと分かっていながら打ち込む。送信ボタンに触れるその刹那《せつな》、着信音が鳴った。

〝母さん〟

母から電話がかかってくること自体はそこまで珍しくない。けれどそのタイミングが少し僕を動揺させる。急に家族から複数連絡が来ることは今までそうないことだった。

「はい、もしもし」

声に平静さを纏《まと》わせようと低い声で切り出す。電話の向こうでは洟《はな》をすすり、吐息に弱々しい喘《あえ》ぎが絡まっているのが聞こえる。

「もしもし、こうくん?」

「はい、どうした」

「ねぇ、聞いてくれる? 千世の大学受験なんだけど」

〝限界かも〟〝受験〟千世からのメッセージが頭に浮かんだ。

「なんかあった？」

「育て方間違えたかも、千世。なんでこうなっちゃったんだろ。あたしどうすれば良かったの？」

母の声からは悲しみに混じって、激しい情動が感じ取れた。もうすでにボルテージは高まりきっていて、ここからさらに振り切れてしまえば、泣き叫んでもおかしくない。少量ずつ感情を吐き出させないといけない。

「何があったか教えてくれないと。どうしたの？」

「今日ね、千世の学校の三者面談があってね。行ってきたんだけど。ほら、もう学校に行くのも恥ずかしくてコソコソ隠れて職員室行って菓子折り渡してさ」

「母さんの気持ちも分かるけど、めちゃくちゃ分かるんだけどね。別にそんなに気にしなくてもさ」

「ただでさえ恥ずかしいのに、担任の先生に受験のことも色々言われて、今のままじゃ厳しいって。学内の順位も悪いし模試の成績もね」

「ごめん、母さん。俺そろそろ仕事戻らなきゃ。今まだ会社で」

「そうだったの！　遅くまでお疲れさま。大丈夫なの？　お仕事抜けてきたの？」

母の声が瞬時に明るくなる。さっきまでの負の感情の渦が嘘みたいに。恋人のような甘い声で僕を気遣う。

「全然大丈夫。もう切るね」

「はい、分かった。こんなに遅くまで頑張って偉いね。たまには帰ってきなさいよ」

そう言われて電話を切った。一時だけの麻酔のようなものとは言え、母の機嫌は一応のところ回復した。それでも異常事態には変わりない。

〝受験勉強おつかれ〜

大丈夫か〟

千世にLINEを返そうと画面を切り替え、母との電話の間も健気《けなげ》に待機していた文言を削除する。

〝母さんと何かあったんでしょ？

大丈夫？〟

と打ち込んで送った。酒で火照った身体はいつのまにか冷めきっていた。やけに静かな部屋が逆に耳障りでテレビを点《つ》けたけれど煩わしくなって消した。実家の自室に居るような心地がして、半身で起き上がって部屋を見回す。スマートフォンに千世からの返信が来ないか待つ間にいつのまにか眠っていた。

目が覚めたのは朝八時頃だった。朝の優しい光がカーテンに堰《せ》き止められ、フローリングに零《こぼ》れている。途中目が覚めた記憶もないのにジャケットは床に放ってあった。暖房を点けたまま寝たせいで喉《のど》の奥の粘膜が張り付き、ヒリヒリと痛んだ。冷蔵庫から炭酸水を取り出し顎《あご》に雫《しずく》が伝うのを気にせず飲んだ。

ソファーの隙間に刺さるように入り込んだスマートフォンを手に取る。既読は付いていた。けれど返信はない。的外れな気遣いだったのかもしれない。スマートフォンを充電コードに繋《つな》いで、ソファー前のローテーブルに置き、着信音が鳴るのを待った。

土曜日は仕事が休みだが、かといって手を付けるべき宿題がない訳ではない。新入社員として四月に入社し、七ヶ月と少し。配属先が決まり、与えられるタスクも増えた。同じ配属の同期たちに学歴という評価基準では大きく下回っている。出世にさほど関心はない。仕事に費やすだけの人生は侘《わび》しい。それでも、周囲と自分とを比べると、家に帰ってからも自《おの》ずから社用パソコンを開くことが多くなる。

ソファーで寝たから睡眠が浅かったのか、課された資料作りに着手している途中に思考が鈍くなって、ベッドでしばらく眠った。昼過ぎに起きてスマートフォンを確認すると千世からLINEが入っていた。

〝私の模試の点数悪かっただけ〟

〝ママとは全然大丈夫！〟

十五分前に送られてきたメッセージ。千世の明るい声で読みあげられた。

〝千世は勉強中？〟

〝予備校の授業終わってひるごはん〟

〝この後自習室！〟

ちょうどスマートフォンを見ていたのか、返信はピンポン玉みたいに短く小気味良く戻ってくる。

〝夜は？

何時まで予備校？〟

〝八時まで自習〟

〝なんで？〟

〝終わってからサッと飯行こう

母さんには俺から連絡入れる〞

千世と二人で外食をするのは、いつぶりだろうか。高校生の頃、まだ小学生の千世とどこかのフードコートでハンバーガーを食べた。特段印象深い一日でもないけれど、覚えている。映画を見た後だった。あのときは父からもらった小遣いだったけれど、今回は自分の金で食事に行ける。

〝受験のこと知りたいし、何か俺にもアドバイス出来ることあるかもしれないから〞

送ろうとしたところで、

〝パスタ！　代々木《よよぎ》！〞

とメッセージを伴って食べログのURLが送られてきた。スタンプだけの返事をして、画面を消灯すると口元を弛緩《しかん》させ眉《まゆ》の下がった自分の顔が反射して映った。予備校の自習室で机に向かう千世、そして小学生の頃のフードコートで喜んでいた千世を思い浮かべる。それから僕はダイニングで中断していた仕事に戻った。

二十時。千世より先に代々木駅に着く。駅前の交差点にまばらな人と車が集まっては散っていく。家での仕事がはかどり、意味のある一日を過ごせたという小さな自信が、少し僕を堂々とさせた。交番の近くで千世を待つ。少し遅れるという連絡は事前に受けていた。ジーンズのポケットの震えに気が付き、スマートフォンを取り出す。千世からの電話だった。

「もしもし、ごめん。今着いた」

「おう。駅前の交番のとこにいるよ」

「交番？　見当たらないかも」

「西口。千世、踏切近い出口？」

「うん、西口行く」

そう言って千世は無言になった。風に乗って微《かす》かに響いてくる踏切の警報音が電話からもノイズ混じりに漏れてくる。

「居た！」

急な大声に驚き、周囲の人影に視線を投げる。トートバッグを掛けた右手を小さく胸の前で振って小走りで寄ってくる千世が見えた。首の詰まったダッフルコートにタータンチェックのスカート。誰が見ても女子高生という姿の千世が僕のそばで立ち止まり、感じる必要のない不安が意識を満たして周りの目が気になり出す。

「ごめん、お兄ちゃん、出口間違えた」

その一言が安心材料になった。五秒に一回くらいお兄ちゃんって呼んでと焦ったフリで言ってみたが千世には意味が分からなかったようで、なんでと怪訝《けげん》な顔で返されるだけだった。

「ごめんな、受験生なのに飯誘って」

店までの道中、僕は横に並ぶ千世に言った。

「こちらこそ。急に怖いLINE送って」

歩きながら言った僕と違って千世は一瞬立ち止まって小さく頭を下げる。僕はそれに首だけ捻《ひね》って、いいよと答えた。聞きたいことはあるけれど歩きながら質問することではないと自覚していたから、それ以上こちらから話しかけることはしなかった。千世の表情を見逃すまいと、歩きつつ右斜め下をこちらの視線を悟られないように盗み見ていた。

店に入ると初老の男性ウエイターが、奥へと案内してくれる。席までの道中、各テーブルに載った料理の香りが代わる代わる鼻をくすぐった。二人掛けの小さく、角のない木製テーブル。向かいに座った千世は高校生には慣れない店の雰囲気と、料理の香りにそそられた期待感が合わさって、おかしな表情になっていた。目の周りは眼光鋭く引き締まり、口元は力なく緩むアンバランス。

ウエイターが持ってきた重厚な革製のメニューを開く。豊富な種類のワイン、そして料理の値段を見るに、ビジネスマン向けの店だ。新入社員の僕にとっては少し背伸びして行くような店。

「何飲む？　好きなの頼みな」

そう言って自然体を演じながらメニューを手渡した。

「高くない？　大丈夫？」

そう僕を気遣う千世に社会人だぞと笑って答えた。別に払えない程に高い訳じゃない。自分から選ぶ価格帯の店じゃないけど。

千世はブラッドオレンジジュースを、僕はハウスワインを頼む。

「Twitterで見て行ってみたいと思ってたけどお小遣いじゃ絶対来れない。いつもサイゼばっかり行ってるし」

俺も普段はサイゼばっかり行くぞ。頭の中に浮かんだ会話の選択肢を言葉にせずに飲み込んで、料理は何頼もうかとだけ言った。

前菜のカプレーゼや生ハムが運ばれてきて二人食べ始める。千世はトマトとその上に載っかったチーズをフォークで貫くように刺して口に運んだ。兄である僕と千世は六つ離れている。自分の口の大きさと同じサイズのカプレーゼを一口で食べる千世を正面から見ていると、まだ小さかった頃の千世が思い出される。フードコートにいた小学生の千世よりもっと幼い頃。

子ども用の柄の太く、先の丸くなったスプーンで口一杯に頬張る千世は、口元も前掛けも食べる過程で自然と汚れたというよりは自ら擦《なす》り付けたようにペースト状の食材にまみれている。

この先のライフプランは一切考えていない。結婚生活なんて、そもそも相手も居ないし、想像が付かない。けれど、親は子どもをこういう風に見るのかなとうっすら思う。健やかでありさえすれば、笑顔で、生きてくれるだけで十分。それ以外に千世に望むことはひとつもない。逆に千世の望みなら、自分自身の健やかな生活や笑顔を手放したって構わない。

「これってナイフ使った方が良いのかな？」

小さな手で口元を覆い、不安そうに囁《ささや》く千世に大丈夫だよと笑って言った。

食事はおだやかに進む。受験に関して尋ねることが出来ないでいた。僕は千世に自分の近況を話し続けた。まるで誰かの意志に操られているように話し、話したそばから内容は霧散した。千世は適度に手を止め、咀嚼《そしゃく》と嚥下《えんげ》の間に相槌《あいづち》を打った。口を開かず鼻から抜けたような声だった。

こちらから話を切り出せないまま、カプチーノが僕の前に運ばれて来る。

「苦くないの？」

レモンシャーベットを食べる千世が表情を歪《ゆが》ませ問うた。想像のカプチーノがシャーベットを上書きして舌に染み込んでいるようだった。

「苦くて良いの。甘いよりは」

「皆そうなる？　大人になったら」

「いやー、個人差かな。俺は酒飲み出して味覚変わったな」

「ふーん」

スプーンを咥《くわ》えたまま千世は言い、真顔になった。

「大学受験ね」

千世は小さくつぶやいた。視線はとろけたレモンシャーベットに落ちていった。黒髪のキューティクルが光の輪を作る。

「河合塾の模試があったんだけど」

「うん。どうだった？」

「全然ダメだった。全部合わせて五割くらい。理系科目ボロボロで」

「センター受けるの？」

「うん。横国《よここく》受けたくて」

「学部とかは？」

「教育学部が良いなって思ってる」

「先生なんのか」

「う～ん、まだ絶対なるって決めた訳じゃないんだけどね」

「俺もなんにも考えず大学行ってサラリーマンなったし。高校生なんて将来の夢が決まってないのが普通だよ」

千世の俯《うつむ》いた顔とテーブルに落ちた影とを順番に見つめ、明るい調子で言った。説教くさい自覚はあった。けれどそれでも喋《しゃべ》らずにはいられなかった。

「うん。でも教育学部が良いかなぁ」

「良いんじゃない？　先生。千世に似合ってる気がする。黒板とか、ホームルームとか」

そう告げると、やっと千世の目線が僕に向く。真顔のままだったけれど、目元は優しく綻《ほころ》んでいるように見えた。

「俺は一浪してもセンター本番、半分も取れなかったし」

私文に絞っていた僕は、浪人のとき、センター試験は受けていない。けれど今この瞬間は話の真偽はどうでも良いと思われた。

「なんにもちゃんとしたアドバイスなんてしてあげられないけどさ」

「全然、そんなことないよ。ありがとう」

「横国以外はどこか受けるの？　私立の教育系の学部とか？」

「う〜ん、どこか受けるけど。まだ具体的に決めてはないかな」

「まぁそうだよな。横国はなんで第一志望なの？」

「う〜ん」

千世はそう言って押し黙った。視線は食べ終わったレモンシャーベットのガラスの器に再び落ちていく。施された凸凹《でこぼこ》の装飾が蛍光灯の光をあちらこちらに反射させていた。

「国公立の大学が良いかなって。いや、本当になんとなくなんだけどね」

「明確に行きたいところがあるのは良いことだと思うよ」

千世は途切れそうな声でありがとうと言った。

カプチーノを飲み干す。喋り過ぎて口に水分がなかったからか、苦みと酸味がやけに強く舌にこびり付き離れなかった。


「ごちそうさま。ありがとう、奢《おご》ってくれて」

店を出てすぐ、駅に向けて歩き出す僕の背後で千世がお礼の言葉を言ってくれた。店内の

明かりに照らされた夜道に頭を下げる千世の影が映っている。僕は振り返らないまま、

「遅くなっちゃったけど、たまの息抜きだし良いだろ」

とだけ返した。

「お兄ちゃんに奢ってもらったの初めてじゃない？」

千世は早足で僕の横に並ぶ。

「そうだな。学生時代はとにかく金なかったし」

「ってか二人でご飯行くのも初めてじゃない？」

「え、覚えてない？　小学生の頃フードコートで飯食ったじゃん」

無意識にトーンの低くなった声が夜の闇に吸い込まれた。

「え、そうだっけ？」

「ほら、二人で映画見た後、覚えてないか？」

「覚えてない、ごめん」

「あー、そっか」

僕が黙ると、千世は思い出そうとしているのか歩くのが遅くなる。

「まあ、ちっちゃかったしな。記憶にないのも当然よ」

明るく言って、千世の横に並ぶ。

「今回は奢りだから忘れんなよ。次はもっと良いの食べさせてやるから」

さっきよりもおどけて、過剰に自慢げな表情を作りながら、冗談と伝わるように言った。

「おー、さすが大企業」

笑顔を取り戻した千世が言う。

「ママも褒めてたよ」

「そうなのか。なんて言ってた？」

「この前ご飯食べてるとき、なんか、とにかく褒めてた」

「もう一人暮らししてんのに。まだそんなん言ってんだな。母さんは変わらないな」

そう言ってから、しばらく会話はなかった。

無言。僕も千世もおしゃべりな方じゃない。会話がなくとも不自然ではなかった。アスファルトの上の砂利を踏みにじる音だけが耳に届く。自販機のガラス面に集《たか》る羽虫。車止めのポールにはめ込まれたコーヒーのプラスチックカップ。側溝の継ぎ目に挟まる湿った吸殻。普段は意識に留めない街の景色がやたら目に付いた。隣を歩く千世を横目で見る。僕より二十センチは背が低く、見下ろす形。俯きながら僕の歩調に合わせる千世がどこを見ていて、何を考えているのか。僕には見当もつかない。千世の身体と挙動はなにひとつとして思考のシグナルを漏らさず、悟らせなかった。

大通りに出ると千世は顔を上げた。丸みを帯びた幼い顔が街の俗っぽい光に照らされる。顔から暗い影が追い出されて、大きな瞳《ひとみ》を厚く覆った水分が光を弾く。眩《まぶ》しさで目を細めた千世の目尻《めじり》からなだらかな頰骨に涙がひとしずく伝う。僕はただ千世を見ていた。街の光を封じ込めた涙が拭《ぬぐ》われないまま顎《あご》のふちまで流れていった。

駅前で小さな輪を作る大学生たちの横を真顔で通り抜け、千世は後ろを付いてくる。券売機の辺りで立ち止まってから、

「今日は俺、実家帰ろうかな」

とヘラヘラ笑って告げた。

「え、なんで?」

「あー、いや」

上手《うま》く取り繕うことも出来ずに言い淀《よど》む間も千世は険しい顔で僕をじっと見た。

「たまには帰ろうと思ってたから。母さんからも帰ってこいって連絡もらったしさ」

「そうなの?」

「あと引っ越しのときに持っていけなかった荷物もあるし、サブのギター置いてきちゃったから」

話しながら舌が空転してその場しのぎの言葉ばかりを口にした。千世と一緒にJRの改札を通り抜ける。先程と違って千世は僕の前を自分のペースで進んでいった。

目白《めじろ》駅からしばらく歩き、実家の前で立ち止まる。まだ一人で暮らすようになってから八ヶ月程度だけれど、変に懐かしい。実家の匂い。実家に面する道路、外壁や屋根の建材、庭に敷き詰められた土とそこに生える植物、どれを取ってもどこにだってありそうなのに、放つ匂いがここにしかない実家を感じさせた。

鍵《かぎ》を開けて玄関に入る千世の後ろで、千世より先に、ただいまとリビングの方へ投げ掛ける。リビングから母が廊下に、二階の書斎に居たであろう父が階段に同時に姿を現した。

「晃成《こうせい》、どうしたの急に」

母の高い声が響く。

「いや、たまには帰ろうかと思って。ただいま」

家族全員が玄関に集まる。

「帰るなら帰るって連絡してよ。びっくりするじゃない」

母は嬉《うれ》しそうだった。靴を脱ぐ間も僕の肩を何度かポンポン叩《たた》いた。

「父さん、久し振り。なんの手土産もないけど」

「気にするなそんなこと。初任給でくれた酒もまだ飲んでないし」

「そう、もう勿体《もったい》なくて飲めないのよ」

母が無邪気に笑っているのを見て、僕は家に上がった。

「ごめんな、千世。上行きな」

そう促すと千世はただいまと小さく零して階段を上がっていった。おかえりと、父だけが言った。僕の横に母がぴったり付いて、誘導されるがままリビングの方に向かう。

「ねぇ、こうくん。お仕事の方はどうなの？　配属先決まったんでしょ」

ダイニングテーブルに僕が座るなり、母は言う。

「うん。今は配属先研修というか、色々勉強してる感じで」

とりあえずそう口に出してから、正面に座った母の方を見る。やたらに白い顔の皮膚全体を伸ばすように目を見開き、唇を口の中に巻き込んで真一文字に結んでいた。余所《よそ》行きの、おそらく母のお気に入りの顔。年齢の割には綺麗《きれい》な方なのだと思う。だからといって僕からすればどうだって良いことではあるけれど。

「まだ入ったばっかりなんだから、どうってことないだろ。なぁ」

遅れてリビングにやってきた父が気障《きざ》ったらしく言い、ソファーに座った。

「でも、先輩方に教わりながら少しずつ案件に関わらせてもらったりとか。やり甲斐《がい》はあるよ」

「そっかぁ。これから頑張って大きな仕事するんだもんね」

母は満足げに言ってキッチンに立ってお湯を沸かし始めた。僕は父がつけたＴＶの報道ステーションを耳だけで追っていた。


父が風呂《ふろ》に行き、母は僕に向き合って座り、お茶を飲んだ。お茶と一緒に熟れた柿を出してくれた。白い陶器の平皿に大きく切った柿が八切れ。チューブから出した絵の具みたいにエッジがとろけている。

「これ、こうくんも読んだ?」

母が指さす先には木製のマガジンラック。その上段の真ん中、本屋なら一番の売れ筋の位置に僕が通っていた東洋《とうよう》大学の広報誌が置かれていた。

「いや、読んでない」

柿につまようじを突き刺しながら答えた。芯《しん》には少しの硬さが残って力が要った。

母が立ち上がり広報誌を取りに行って、短い距離なのに胸に抱いて戻ってきた。付箋《ふせん》も貼っていないのに、母は僕のインタビューと写真の載った見開きを一発で開いてみせた。

〃社会学部社会学科卒　東原晃成《ひがしはら》　２０１７年卒〃

ガッツポーズで笑顔がぎこちなく嘘くさい。

〃研究、サークル、バイト　全てを糧に〃

言った覚えのない言葉が大見出しにされている。

「ほら、ここ。卒業生インタビュー。あたしもう何回も読んじゃった」

母はそう言って、広報誌を僕の前に差し出す。

「いいよ別に。話してんの俺なんだから」

気恥ずかしさをそっけなさに変換して声に乗せ答えた。母は広報誌を引き取って読み始める。

「これって何人くらいにインタビューしてるの？」

視線を落としたまま母が言う。

「知らんけど、三、四人じゃない」

母がページを繰って前後の記事を確認する。

「他に二人みたい。こうくんと比べたら大した就職先じゃないわね」

母は温度のない声でつぶやいて、また僕のページに戻っていった。

僕は柿を一欠片《かけら》口に運んだ。咀嚼するたび柿の芯の硬い部分がジャクジャク音を立てる。自分の身体が空洞になったように反響した。

「一人暮らしで困ってることない？　ご飯はどうしてるの？　掃除と洗濯は？」

「メシは外で食うよ。掃除洗濯はたまってきたらやる」

「一人で出来るの？　あたし家まで行ってやってあげようか？」

いいよそんな。そう返すと母はにこやかに笑った。あまりに過保護な提案で、驚いてしまう。

「千世の受験もあるし、色々大変なんでしょ」

取り繕ってそう付け加える。

「千世から受験のこと何か聞いた？」

母は銃口を突きつけるみたいに、眉間《みけん》に力を入れた顔を僕に真っ直ぐ向けた。僕は反射的に顔を背けていた。

「いや、特になにも」

「千世ね、全然勉強出来ないの。この前の模試も散々だったし」
「学校行けてなかった時期もあったし、しょうがないんじゃない」
「学費の高い私立の一貫校入れてあげてるのに何考えてるのかしら」
この台詞《せりふ》をそのまま、母が千世に言った日のことが急に脳内に甦《よみがえ》った。

大学三年生、二十一歳の頃、千世が高一になった春。千世は学校に行くことが出来なくなった。自律神経失調症だと分かったのは初夏になってからで、初めはただ朝起きられないで欠席するものの夜は普段通り。明日は学校に行くと言っていても、また朝になればベッドから出られない日が続いた。

五月の初旬、サークルの新歓期。飲み会、カラオケ、ラーメン屋を経て僕が家路に就いたのは朝七時を過ぎてだった。

通勤通学ラッシュの正常な人の流れに逆らって歩く。きまりの悪さと優越感が同居したモラトリアム全開の気分で最寄り駅を出た。今はもう吸わなくなった煙草を一箱コンビニで買い住宅街を抜け、家に面する路地に差し掛かると、千世の火花を散らすような鋭い叫び声が聞こえた。なぜ千世の声だと思ったのか分からないけれど、なにか確証めいた推測に急《せ》き立てられて僕は走った。

門扉の前で立ち止まり、ドアノブに手をかけたときだった。家の側面、庭に面した二階の窓から、千世のスクールバッグが投げ出された。空中でバッグの中に入っていたプリントや教科書がその外に放り出されて、まず黒いバッグが芝生に落下し、その後を紙類がひらひらと舞って落ちた。

「学費の高い私立の一貫校に入れてあげてるのに一体何考えてるの！」

街中にとどろくほどの、怒号と絶叫、両方の不快感を併せ持った声が響く。

「ママ、ねぇ、もうやめてよ」

千世の悲痛な涙声が言い終わるかどうかのところで力任せに窓が閉められた。

ごく短い時間で起こった出来事だった。夢を見るみたいに現実感がなかったけれど、いつまでも僕の記憶に焼き付いて消えてくれない。

門扉を抜けて、僕は庭の方に向かった。芝生の上にばらまかれたプリントと教科書を集め、一枚ずつ汚れを手で払ってからバッグに仕舞う。春休みの課題だった。玄関から中に入ると、母の気配も、千世の気配もなく、静けさが沈殿していた。重苦しい空気を分け入るように廊下を進み、出来るだけ体重をかけないようにして階段を上る。三段、四段と上ったところで、

「晃成？　帰ったの？」

母の声がした。

リビングのドアが風を切って開くのが、空気の流れで分かった。

廊下に姿を現した母を首だけで振り返り見下ろす。手に提げていた千世のバッグは前に抱き抱えた。

「ねぇ、あんたも千世になんか言って」

母は顔面中を強張《こわば》らせ、僕を睨《にら》み付けていた。

「なにが？」

「もう何週間も学校行かずにダラダラサボって、せっかく一貫校行かせてあげてるのに進級できないかもしれないのよ」

「体調悪いんじゃないの、千世」

「じゃあなんで昼過ぎには平気な顔してるわけ？　おかしいじゃない。とにかくあんたからもなんか言って」

母の言葉を聞ききらず分かったとだけつぶやき、二階へ上がった。

僕の部屋の隣が千世の部屋だった。小さくノックをして、入って良いかと声を掛けても返事は戻ってこなかった。

ゆっくりドアを開く。ベッドの上で掛け布団のふくらみが小きざみに震えていた。

「千世、これ、バッグ。拾っておいたから」

一歩、恐る恐る部屋に踏み入れる。床には机の上に置いてあったであろう文房具が散らばっていた。

「椅子のとこ、置いとくから」

もはや返事など期待せずに投げ掛けて、キャスター付きの椅子にバッグを置いて、千世の部屋を出ようとしたとき、

「ごめんね、お兄ちゃん」

とだけ千世は言った。気道を塞《ふさ》ぐ涙や鼻水を押し戻すようにして振り絞った声。布団に吸収されずに小さく漏れ出たのを聞いたけれど、聞こえなかったフリをして部屋を出ることしか出来なかった。


母は電話が置いてある棚の引き出しから紙の束を持ってきた。

「ねぇ、見てこれ。どうしたら良いと思う?」

久しぶりに見る模試の成績表。浪人時代も含め、ちゃんと向き合ったことなどほとんどない。母は、僕の大学受験のときの成績を忘れてしまったのだろうか。なぜ僕に聞くのか分からないけれど、他意なく聞いているように見えた。

千世の五教科七科目の成績はたしかに良いとは言えなかった。国語や英語は七割。理系科目は四割を切るものもある。数ⅡBは二割八分。

早々に私文に絞った僕に言えることなどない。そんな僕より文系科目の出来は良い。浪人のときですら半分超えたら良くやったと思っていた。

「千世の志望校どこなの？」

合否判定の欄に目をやりながら母に尋ねる。関東近辺の国公立大学が並んで、そのどれもE判定。第一志望には、千世が食事のときにも言っていた横浜国立大学《よこはまこくりつ》が書かれていた。

「第一志望は横国で、首都大《しゅと》とか千葉大《ちば》とかが第二志望ですって」

「私立は？　国立は前期と後期で二回しか受けらんないし」

「私立は早慶《そうけい》くらい」

「いや、滑り止めというか、安全校というか」

僕が言い終わると同時に、さっきより少し芯のある声で

「別に受かっても行かない大学受けさせる必要ある？」

母が言った。僅《わず》かながら微笑んでいて能面のように見えた。

「は？　いや。さすがに無謀なんじゃ」

「受かってもどうせ行かないんだから。豊島岡《としまがおか》に通ってるのに早慶以下に行くなんて恥なのよ」

平然と言う母は、黙ってからも興奮しているのか浅い息で肩を上下に揺らしていた。

「いや、でも受験の空気摑《つか》むためにも受けといた方が……。なんというか。それがセオリーというか」

消え入るような弱々しい声で僕は答えていた。

「あの子が悪いんだから。無駄な受験料払いたくないし」

母がさも当然の真理を語るように言って押し黙る。無言のままに全てを支配していた。僕はそれ以上何も言えなかった。風呂から戻った父は上半身が裸体のままで、ふぃーと気の抜けた声を出した。そんな父に一瞥《いちべつ》もくれずに母はリビングを出ていった。

母が残した重苦しさが堆積《たいせき》してその場からしばらく動くことが出来なかった。

一直線の階段を、電気もつけず、意識なしに踊り場まで上がった。千世の部屋の閉じたドアの下からわずかな光が漏れている。

階下から水の音が少しだけ聞こえて、母がシャワーに行ったと気が付く。

何か千世に声を掛けようかと思ったけれど、部屋の前、ノックをしようと右手を上げたところで思いとどまった。何を伝えて良いのか分からなかった。

右隣の自室に入る。電気を点け、中の様子を視認しても、大して感傷もない。引っ越しに伴って、大方の荷物は持っていくか処分した。部屋を構成する成分は一人暮らしの家に多くが引き継がれている。この子ども部屋は残骸《ざんがい》に過ぎなかった。

ただ一点、学習机の配置された角の近くの壁、そこに開いた穴。久しぶりに見た。これだけが、この空間が僕の部屋だった証左。

殴って開けた。今の千世と同じ高三、一度目の大学受験で全落ちが確定した早稲田《わせだ》大学の合格発表の日。

「千世を産んで良かった。豊島岡に受かってくれたんだもん。あんたは高卒で野垂れ死んでも悲しくないわ」

夕食後のリビングで父も含め、今後どうするか話し合いの席。前後の文脈は一切記憶にない。母の言葉、それに対する強い怒り、拳《こぶし》の痛みだけが刻み込まれている。千世の中学受験と僕の大学受験は同じタイミングだった。兄妹で受験の明暗が分かれ、母の情動は短期間に振り切れんばかりに乱高下を繰り返した。

スマートフォンを机に置いて、僕はベッドに横たわった。掛け布団も枕もない、シーツすら剝《は》ぎ取られた裸のマットレス。手の平で撫《な》でると頑強な毛玉が引っ掛かる。

スマートフォンを開いてまずＳｌａｃｋを確認する。〝五月雨式に〟なんて文言が目に入り、今の僕のまま、あの最悪だった高三の冬に戻ったような気持ちになって最悪だった。

ＬＩＮＥの通知が目に入って開いてみると、サークルのグループに未読メッセージが三十件近く溜《た》まっていた。軽音楽サークルのＯＢＯＧのグループトーク。〝ＯＢライブの開催について〟に続き日程や参加方法などが長文でしたためてあった。毎年二月辺りに行われているイベント。現役生のときに観に行った。宴会のための口実に行われているといった感じで緩い雰囲気だった。自分が組んでいたバンドのグループの方でもＯＢライブに関しての話し合いが行われている最中のようだ。僕以外に二人。そのうち一人は留年しており、ライブに乗り気だが、もう一人は仕事がうんぬんという具合になんの進展もない。自分の一票でなにか方向づけられてしまうと思うと途端に煩わしい。

目を閉じる。視界を制限すると身体にアルコール由来の熱感が戻ってくる。

階段を上がってくる足音が聞こえる。母か父か。直感的に母だと思った。冷たい足音だった。足音が近づき、階段を上り終える。

「千世、あんた何時まで起きてるわけ？　明日も塾行くんでしょ」

声はより冷たくドアの外で響く。

「早く寝て早く起きるのが大事って言ったでしょ。それで失敗したの覚えてないの？」

千世の返事は聞こえない。沈黙を盾に反抗するタイプではない。千世が小さくごめんなさいと伏し目がちにつぶやく光景が頭を満たす。

「今何時だと思ってるの、ねぇ。その生活リズムでズルズルズルズル入試まで過ごすつもりでいるの？」

母の声に少しずつ狂気が混じり出す。不穏。こちらまで筋肉に余計な力が入る。

「なにか言ったらどうなの？　千世」

痙攣《けいれん》した筋肉が身体を跳ね飛ばすように、僕はベッドから起き上がって廊下に出た。開いた千世の部屋のドアの前に立つ寝間着姿の母と目が合った。

「母さん、今日、泊まっていこうかと思って。良いよね」

顔全体を鋭利に尖《とが》らせ表情を硬直させた母の顔がニュートラルに戻る。

「俺の布団とシーツと、あと枕。どこに置いてあるかな」

畳み掛けるべきという判断。有無を言わさず話を進めていく。

「あ、それと月曜に会社で大事な打ち合わせがあるから風邪引けなくて、毛布もあると嬉しいかも」

上上下下左右左右ＢＡ。頭の中で必殺のコマンドが思い浮かぶ。

「あっ、晃成、泊まってくの？」

「うん。どこにある？　寝具」

「一階の畳の部屋の押し入れだけど。用意するわね」

そう言っておとなしく階段を下りる母に僕は付いていった。部屋の方を振り返る。千世はキャスター付きの椅子に座り最敬礼の角度で視線を床に落としていた。

「後で俺から千世に言っておくから」

畳の部屋で押し入れを探る母の背中にそう告げた。

ごめんね。私の育て方が悪いばっかりに迷惑かけてと涙声の母が言う。

「母さんも早く寝た方が良いよ」

千世のことを思い、僕も答えた。

布団や枕を前に抱え、足元の視界が遮られたまま二階に上がる。千世の部屋はドアが開いたまま、けれど廊下から見える範囲に姿は見えなかった。

「千世、大丈夫？」

僕は言った。一階にいる母に聞こえないように小声で。聞こえているかも定かじゃない。ドアは開け放たれているが、入ることは許されない気がした。もう一度、千世大丈夫かと声を掛けた。

「お兄ちゃん、ありがとう。大丈夫」

千世は僕から見えない部屋の隅で言った。これ以上黙っていたら部屋に入ってくるかもしれない兄を制止しようという風に僕には聞こえた。拒否というにはあまりに優しくまろやか。

布団にくるまって震えていた千世が思い浮かぶ。

「母さんと……」

僕が口走って黙る。その後になんと言いたくて口走ったのか、自分でも分からない。

「大丈夫か？」

たどたどしく尋ねる。千世は姿を見せてくれない。

「うん、大丈夫」

声のトーンはさっきと均一。

「最近ずっとこんな調子？」

「でも、私の成績が良かったら怒らないから」

成り立っているのかいないのか分からない会話の糸を手繰る。

「キツくない？」

「うん。大丈夫。ほんとに」

そうか、じゃあ寝るわ。言いっぱなしにして自室に戻りベッドメイクを乱雑に済ませ横たわる。

母の態度から、千世はあのときの僕と同じなのだろうと思われた。千世は当たり前の試練として現状を受け取っている。これが普通のことなのか、それとも異常なのか。千世を見ているると分からなくなってくる。

目が覚めたのは朝九時。僕を起こしに来た母の甘ったるい声が脳を覚醒《かくせい》させた。昨夜は風呂にも入らずにそのまま眠ってしまった。電気も点けっぱなしだったはずだが、母が消したのかもしれない。

胃の重たさと寝覚めの悪さで昨日ワインを飲んだことを思い出す。実家に着いてからの体感時間が長かったから千世との食事が昔のことみたいに感じられる。ずっと気を張っていたからか、肩や首の凝りも酷《ひど》い。

きっともう千世は予備校に行ったのだろう。ふと気になって、僕は千世の部屋を三度ノックした。居ないのは分かっていたけど、深夜、人通りのない横断歩道で赤信号を律儀に守るあの感じに似た心持ち。

ドアを開け中に入る。千世の部屋に入ったのは大学時代の朝帰り以来かもしれない。僕の部屋と同じ広さ。物が多いけれど散らかった印象や汚い感じはない。椅子の上に畳んだパジャマが置かれていた。勉強机には教科書や参考書が教科ごとに置いてある。壁のコルクボードにはディズニーランドで友人と撮った写真が貼り付けてある。サイドボードに載ったアロマディフューザーの残り香が清涼に漂う。僕は受験や就活、その他注力すべきことがあると足の踏み場もなく部屋が荒《すさ》む。

千世の内にひた隠した感情が露出した痕跡《こんせき》がなにか見つかればと思ったのだ。けれどもちろん壁に穴はない。

シャワーを浴びてからリビングに行くと母が一人、ダイニングテーブルでジャムをかき回していた。

「こうくん朝御飯食べるでしょ」

そう言って母は立ち上がって甲斐甲斐《かいがい》しく準備する。献身的な母を演じているように映った。

「父さんは」

「仕事だから朝早くに出たわよ」

家に母と二人。気まずさが急に際立つ。僕の座った席の隣にはトーストとスープ、目玉焼きが手を付けられないまま冷めきっていた。

「これで良いけど」

「ううん、新しいの作っちゃうから」

母は背を向けたまま言った。母はキッチンからダイニングに無表情に歩いてきて、手付かずの食事を攫《さら》って戻り、コンポストへ乱暴に入れた。トーストもスープも目玉焼きも浴びせかけるように捨てた。

「食べなかったの？　千世」

「知らない。あの子が食べようと、捨てようと一緒だから。むしろ腐葉土にした方が良いくらい」

そう言って母は僕の顔を見て笑う。なにかジョークを言って場を和ませたといった風だった。そう言って僕にトースト、スープ、目玉焼き以外にもサラダやフルーツ、ヨーグルトを出してくれた。

食べ終わり、僕は実家を出た。自分の家に帰って仕事をすると告げると母は嬉しそうだった。玄関まで見送りに来て、僕が路地を曲がるまで、ずっと玄関先で手を振っていた。


一人暮らしの家に着いて、やっと肺の奥に酸素が行き渡った感覚があった。深い海を泳いでやっと浮上したような安心感。身体を押し潰《つぶ》さんとする圧から解放されて力が抜ける。

スマートフォンを開くと千世からのＬＩＮＥが入っていた。十時四十六分。およそ十五分前。

〝昨日はごちそうさまでした〟

笑顔の口元に真っ赤な舌を覗《のぞ》かせた絵文字が文末に添えられている。きちんとしているなぁと感心してしまう。僕が社会人になってやり始めたような気遣い。高校生で、しかも受験を控えているのに。

〝全然良いよ。朝から予備校おつかれ〟

そう送ると、千世からスタンプが返ってくる。ネコが親指を立てたかわいいスタンプ。会話は終わっている。

そもそも千世と連絡を取ることが稀《まれ》。二人で飯を食うのも、実家に帰ってしまったのもそうだ。関わらなくたって良いことなのかもしれない。家族と隔たりがある生活は楽だった。千世と関わらないことを望んでいた訳ではない。けれど自分の選択にそれは付随していると思う。

千世は母の言動について辛《つら》いとも苦しいとも言わなかった。母を悪者にすまいと思っているのかもしれない。成績の振るわない自分だけが悪者と思い込んでいる可能性すらある。父は仕事に心血を注ぐ人で、千世の助けにはならない。良くも悪くも子育ては母に任せ、関与したがらない。少なくとも自分のときはそうだった。

千世にとって僕は頼り甲斐のある兄ではないのかもしれない。それでも頼って欲しい。受験期に母から受けた仕打ちに僕は耐えてきた。千世には経験させたくない。

「もしもし、千世？　今平気？」

電話が繋がったと同時に言った。

「お兄ちゃん、どうしたの？　なんかあった？」

「いや、もう家出た。そんなことより、今日河合塾終わったらウチ来る？　俺の家」

「え、なんで？」

「自習室代わりに使って良いから。俺の家なんもないし静かだし集中出来るよ。塾と家の中間地点だしさ」

千世はすぐには良いとも悪いとも言わなかった。

文字に起こすことの出来ない呻《うめ》きを電話越しに聞いていた。

「母さんにも提案したけど良いねって言ってたし」

「ほんと？」

僕を訝《いぶか》った低いつぶやきが胸の奥まで響いた。

「ほんとほんと」

順序が乱れただけだ。このあと連絡して了承を取れば良い。母が僕の提案に首を横に振ることはないという自信だけはある。

「じゃあ行く」

「OK。掃除しとく」

LINEの無料通話を切ってからキャリアの通話に切り替えて発信する。LINEとは打って変わって飾り気のない呼出音が聞こえ、僕は緊張し出す。

実家に居た学生時代、家電に掛かってくる電話が怖かったのを思い出す。学校から、僕にとって不都合な内容が僕を飛ばして母に伝わってしまうのではという恐れ。千世も今、実家に居るとき、同じような恐れを感じているのだろうか。

「もしもし、こうくん？」

「母さん。今時間大丈夫？」

「全然大丈夫。どうしたの？　忘れ物？」

「いや、千世のことでひとつ提案なんだけど、俺の家で千世に自習させたらどうかなって」

「なんで？　なんの意味があるの？」

母の声色が僕に十代の頃の怒りを思い起こさせる。意識だけのタイムリープ。壁に穴を開けることでしか発散し得なかった苛立《いらだ》ちが去来する。

きっと母の敵対視は僕に向けられている訳じゃない。僕を中継点にして千世に向かっている。

「単純に俺の家の方が近いから、勉強時間も取りやすい。それに自分の部屋に籠《こ》もってるより俺が見張ってた方が」

そこから僕の口は滑らなくなった。千世に責任の全てを背負わせる言い方。思ってもいないことであっても饒舌《じょうぜつ》でいられるのが長所だったのに。

「千世の帰りとかはどうするわけ？　寝るのが遅くなって学校行けなくなったらどうすんの？　二学期入ってもう五日も六日も休んでるのよ」

うるせえな。腹の奥に暴言をおさめて、代わりの言葉を探す。あー。えーっと。感情とは反対に、情けない声で間を繋ぐ。母は黙ったまま。

「帰りは俺が車で、そう。カーシェアとかで車借りて送るよ」

「なんであの子のためにそこまでするの？」

「その方が良いと思ってるから。千世にとって」

僕が言った。母は何も答えない。

「俺、塾講師のバイトもしてたし。教えられる教科もあるから」

母は意味ありげな沈黙を守り続ける。母なりの交渉術だと僕は感じ取っていた。

「ちゃんと見張っててよ。もうセンターまで三ヶ月切ってるんだから」

「分かった。夜遅くなり過ぎないように家帰すわ」

電話を切って、スマートフォンをソファーに放り投げた。距離をとりたかった。会社から支給された方も、ついでに放った。

二十時を過ぎて、僕は落ち着きなく部屋の中を歩き回っていた。掃除を終えてもまだ粗探しを続けていた。

脱衣所の床に積み重なっていた衣類を全部洗濯するのは骨が折れた。三時間かけてやっと他人を招くことが出来る許容範囲に収まってくれた。コードレス掃除機の充電器が見当たらず捜すのに三十分を浪費した。近場のまいばすけっとへ行きレトルトのパスタソースを買って帰った。万端整ったとは言い難いが、千世から最寄り駅に着いたとＬＩＮＥが入って諦《あきら》めがつく。

何事においても、受験も就職も、そしてきっとこの先のライフイベントも、万全の態勢で迎えられない。変わっていない。ずっと昔から。それでもなんとか成るように成る所に落ち着いてきた。部屋の掃除程度の些細《ささい》なことで、人生が意識される。社会人になってからそんなことが増えた。

インターホンが鳴る。小さな液晶に千世が映った。

「思ったより広いね」

千世は部屋に入ってくるなり言った。

「会社から家賃補助出てるからな。スリッパとか履く？」

「うん。ありがとう」

互いにこの場に適した会話が見つからない。そういう雰囲気だった。全くの他人より兄妹だからこそ、気まずさが際立つ。

「もう飯食ったんだっけか？」

「ううん。まだ食べてない。ソファーに座っても良い？」

「好きに使って。パスタなら出来るけどいる？」

「お兄ちゃん、料理するの？」

「いや、パウチに入ったやつあっためてかけるだけ。パスタは茹《ゆ》でるけど」

「ふ～ん。食べたい」

「オッケー、作るから適当に待ってて」

僕はキッチンで鍋《なべ》を火にかけ、千世はリビングのソファーでリュックの中を漁《あさ》り出す。教科書を開いて読み始めた千世の姿勢はぴんと背筋が伸び、あらたまっていた。集中しきった千世の顔つきはガラス細工のように澄んでいる。

ミートソースかカルボナーラか和風たらこか、千世に尋ねるタイミングを逸してしまっていた。

僕がパスタを作り、ローテーブルに置いて声を掛けるまで千世は静かに勉強を続けていた。なんと声を掛けて良いのか分からず、パスタが不必要で忌まわしくさえ思われた。少しだけコップを置く音を大きく鳴らしてみたりもした。けれど千世の意識はこちらに向かない。

「ごめん。千世、出来た」

なんで謝るのと千世は笑い、テーブルに着いた。

食事の間、僕は不用意な会話をしないように努めた。千世の勉強への集中は食事中の今もうっすらと下地に残って切れていないような気がした。

「ラーメンの器しかないの?」

一人暮らしの家にパスタ皿などなく、パスタが収まりそうなのはこれくらいだった。

「うん。あとは平たいちっちゃい皿しかない」

「ラーメンしか食べてないの?」

「違う違う。そもそも自炊してないだけ。このラーメンどんぶりも俺の好きなミュージシャンのグッズだし。ほら、早く食べな」

「ちょっと太ったでしょ。会社入ってから」

「多分な。体重計ないから分からん」

体重が十キロ増えているのは知っていた。家に体重計はないが、サウナに行くときには量る。

「私はいつかちゃんとした料理作りたい」

よく喋るなと僕は思った。

「大学入ったら、料理始めよ」

千世は右斜め上を見て言った。まるで未来の自分へ言付けるようだった。テーブルの上のLEDライトが千世の顔を白く、明るく照らす。

「うん。そうだな。料理サークルとかあるぞ、きっと」

「サークルってそんな種類あるの？」

「めちゃくちゃあるよ、大学にもよるだろうけど。料理サークルは理系の男が調味料の分量とか火の温度とかにとにかく口煩《うるさ》くて嫌われる傾向にあるらしい」

「本当？　今作ってない？　その話」

「マジよ。知り合いから聞いた」

二人ともフォークを持つ手を止め笑う。笑いが止んで、パスタに視線を落としたとき、なぜか母の姿が脳裏にじんわり染みるみたいにチラつく。

「千世は国公立じゃないとイヤ?」

「なんで?」

「横国以外にどこか行きたいところあるのかなと思って」

「首都大とか」

「私立は?」

「私立は、今のところ考えてはないかな」

「母さんの言うとおりに受験しなくても良いんだよ。話してみたら?」

「ううん。私の希望なの。大丈夫だから」

背筋を丸めてパスタを凝視するような姿勢で千世は残りを食べた。何も喋らず、パスタの入ったどんぶりと千世だけが無重力下で宙に浮いているように見えた。

「寝室の作業机、使って良いから」

食器をシンクに下げつつ言うと、千世はありがとうと寝室に向かった。流し台の鍋と食器に過剰な量の洗剤をぶち撒《ま》けスポンジでこする。

普段なら、一人暮らしに伴う雑事をこなす際は音楽を掛ける。けれど今は水がシンクを叩く音を聞いている。温水に混ざった洗剤が目と鼻、両方の粘膜を刺激する。寝室とリビングを隔てるドアは開け放たれ、こちらから姿は見えなくても千世の影が春の木漏れ日のようにうっすら揺れていた。

食器を洗い終え、ケトルで湯を沸かし、二人分のお茶を淹れた。百個入りの緑茶のティーバッグは色ばかり鮮やかで味が薄かった。

千世にお茶を持っていくと、イヤホンをして勉強していたのを中断してお礼を述べた。リビングで腰を下ろす。今これ以上千世にしてやれることはない。パソコンを開き、仕事の資料を確認したが、フローチャートの意味内容が頭に入らず、何度も同じ文章に視線を行ったり来たりさせた。

二十三時になった頃、時計を見ずとも集中は自然と途切れた。

「千世、帰る準備してて」

寝室に顔を覗かせて言うと、千世はイヤホンを外して、

「なに？」

と小さく言った。しばらく無言で過ごした後だったからか声がカサついて聞こえた。

「近くのカーシェアで車借りて来るから、帰る準備してて。家の前着いたら連絡するから下りといで」

「え、うん。分かった」

千世は呆《ほう》けた返事をした。帰りは車で送ると説明し忘れていた。


「お兄ちゃん、運転出来たんだ」

助手席に座る千世が、さっきまでしていた欠伸《あくび》の余韻を残した声で言う。喉の奥の方の空洞に響くこもった声だった。

「大学のときよく運転してたからな」

言ってから、どこか気取った言い方だったと思えて恥ずかしくなる。

「軽音サークルだったから、機材運んだりするのに車必要だったのよ」

「知らなかった。何担当？」

「え、いや。ギターボーカルだけど」

「お兄ちゃん歌歌えるの？」

「歌えるよ。それなりには」

「家居たとき歌わなかったじゃん」

「そりゃ家では歌わないだろ」

「ギター弾けるのは知ってたよ。お兄ちゃんの部屋からよく聞こえてた」

「ピアノも多少出来るよ」

「え、そうなの？」

「三歳くらいから十歳くらいまで習ってたから」

「初耳かも」

「小学校受験のためにやらされてた。まぁ、落ちたけどね。小四で日能研《にちのうけん》行くまでは通ってたよ。ピアノ教室」

「だから昔、家にピアノあったんだ」

「母さんが捨てた。千世のためにとってあったんだけど、絵画教室通い出したから」

そこまで言うと、千世はそれ以上何も聞かなかった。僕の声が少し暗くなったのを感じて気を遣ってくれたのだと思った。

千世との会話が触媒となって立ち現れかけた思い出。僕はそれ以上なにも想起しないように奥歯を嚙《か》みしめた。無意識に脳への血流を食い止めようとしたのかもしれない。

車はすでに実家に程近い所を走っている。千世と初めての短いドライブが終わろうとしていた。

一人で大丈夫と言って家の近くで降りようとする千世を半ば無視するように、コインパーキングに車を停めた。

「一人で帰るって言ってるのに」

車を降りた千世が不服そうに言い、その不服さに説得力を持たせようと、千世は目を合わさなかった。少し前を歩く千世の髪の毛が静電気で浮いているのが幼さを際立たせる。

「ギター持って帰りたいんだ。この前忘れてたからさ」

「会社入ってからも音楽やってるの？」

こちらに視線をくれないまま、千世の声は夜の住宅街に反響して、僕を包んだ。

「趣味程度には。一人で出来るからな」

「ふーん」

家の前に着き、僕が鍵を開け、ただいまと声を掛けた。

風呂上がりの母が出迎えに来る。廊下の暗闇の方から薄明かりの玄関へやってきて、僕の方にだけおかえりと言った。

「千世、早く寝る準備して。少しだけ予習したら寝な」

僕は千世に声を掛け、二階に行くよう促す。

「お母さん、ただいま」

と千世は階段に向かう途中、母とすれ違うところで言った。

母は千世に何も言わなかった。パジャマ姿で長い髪をタオルで巻き上げている。化粧品の放つ花や草が濃縮された匂いがした。

「ごめんね。急にバタバタさせちゃって」

申し訳なさを最大限に演出して、母に言う。

「勉強は？　進んだの？」

母の問いに僕は迷わず、勿論と答えた。僕の家での自習中、千世の集中は乱れることなく、疑いようのない良い時間だった。

受験まで日がないという焦りと、物が少ない僕の家の環境と、母から離れられる空間。全ての要素が良い方向に嚙み合った。元々、千世は頭が良く、要領も良い。母から解き放たれたら、ちゃんと頑張れる。

「そう。なら良いけど」

「明日の予備校終わりもうちで勉強させようと思ってるんだけど、良いかな」

「それは良いけど、こうくんの仕事に支障ない？　大丈夫？」

母は僕に近づき、上目遣いに見つめた。

千世が階段を下りてくる。部屋着のジャージ姿で髪を結っている。

「お風呂入ってくるね」

その投げ掛けに母は答えないまま、視線を千世に移した。貫くように鋭い目つき。廊下を曲がり、千世がいなくなるまでずっと視線を外さなかった。

僕は自室に向かった。電気も点けずに部屋に入る。壁の収納を開けて中に入っていたギターケースを取り出す。ケースの中にはアコギが一本。高校生のとき、初めて買った中古のアコギだった。別に一人暮らしの家になくても良い。引っ越したときに、あまり必要と思わなかったから、現に実家に置いてある。

ギターを持って帰るというのは、千世に対して言った口実であり、嘘だった。けれど今は切実に持って帰りたかった。

自室を出て、一階に下りる。ギターケースは玄関に置いてから、リビングに入った。

母はソファーに座って韓国ドラマを見ていた。そのソファーの背後を通って、僕はドアと反対側の壁ぎわまで歩いた。

「母さん、昔ここにピアノ置いてあったよね。アップライトの小さいやつ」

母はテレビから視線を外して僕の方を見た。

「そうね。昔こうくんピアノやってたもんね。懐かしい」

母は存外にも明るい声で言い、すぐに意識をテレビに戻した。

「あのピアノ、いつくらいに捨てたの？」

「ゆうかちゃんにあげたのよ。きみかが欲しいって言ってたから」

ゆうかちゃんというのは、僕のいとこ。きみかさんはその母親。僕の母の妹だった。

「そうなんだ」

ピアノが置いてあった床を足で撫でた。ほんの少し凹《へこ》んでいるような、たしかにピアノがあったという名残りを感じられる。

「小四だっけ？　ピアノやめたの。日能研行き出したときだったもんね」

僕が言うと母は昔を懐かしむように天井の方を見上げ、

「そうじゃなかったかしら。こうくん、ピアノ上手《うま》かったわよね」

ピアノは母にやめさせられたのに。小六の卒業式の合唱で僕は伴奏をやりたかったけど、小四でピアノをやめたという理由で他の児童が選ばれた。余計なことを母との会話の中で思い出す。

「あのときゆうかちゃんにあげずにさ、千世にピアノやらせてあげれば良かったのに」

「千世に？　千世は絵画教室行ってたでしょ。別にピアノやりたくなかったんじゃない」

「いや、千世はピアノやりたがってたよ」

母の言葉の言い終わりに食って掛かるような語気になる。母がこちらを見ている。

「俺がピアノ練習してるときによく千世を膝《ひざ》の上に乗せて一緒に弾いてた。ピアノやりたがってたと思う」

喋り進める間に、身体はどんどん熱を持つ。

「ピアノやってる俺が小学校受験落ちたから？　千世にピアノやらせなかったの？　千世はやりたがってただろ」

母の目を見て僕は言った。瞳が熱くなる。涙が次のまばたきで溢《あふ》れてしまう。それでも母から視線をずらさなかった。

「それとこれとは関係ないでしょ。あたしがいけなかったって言いたい訳？」

僕の目から涙が流れた。母に言いたいことはまだあったはずなのに、それらは涙に封じ込められて、僕はそこから言葉が出なかった。泣いている僕の尋常でない剣幕に気圧《けお》されたのか、母はそれ以上追及してこなかった。

階段を上がる音が聞こえて、千世がリビングでの会話を盗み聞いていたのだと直感で分かった。


仕事が終わり、僕はまだ昨日の気分をひきずっていた。

母に楯突《たてつ》いて泣いて自分の家に帰ったのが時間が経つにつれて、どんどんみじめに思われた。

僕が泣くと、母は口をつぐんで、驚きなのか哀れみなのか僕を見つめた。

母との口論は何度もあった。いつも僕は泣いていた。口下手なのか、口論の終盤には伝えたい気持ちが涙に変わって言葉が出てこなくなる。自室に戻って一人泣きながら、ああ言ってやれば良かったとうじうじと考えるばかり。

退勤後、家に真っ直ぐ帰って、千世を待った。これから受験まで、千世を毎日一人暮らしの家で勉強させよう。家に帰って真っ先に入居時にもらった二本目の鍵を捜した。平日、高校の授業を受け、予備校に行き、終わるのは二十時。二十三時には家を出るから三時間弱。母の様子を目の当たりにして、千世が実家にいる時間をなるべく減らしてあげたかった。作業机の引き出し、テレビの下のラック、僕が物をしまいそうなところを捜したけれど、合鍵は見つからない。

〝たまに来て部屋掃除してあげるから。あたしが持っとこうか、合鍵〟

不動産屋の契約に付いてきた母が言ったのを思い出す。

僕は咄嗟《とっさ》に吐いた嘘で、彼女に渡すからいい、とだけ言った。母は紹介しろと年齢に不相応な浮ついたテンションで騒いだ。

実家に帰るようになってから、母との記憶がふとした拍子に意識に浮上した。一人での生活の中で、脳の奥深くに無意識に格納されていた息の詰まる想い出。笑い話に昇華出来ないエピソード。今はきっと千世がその身に受けている現実。

インターホンが鳴って千世が家に来た。制服姿のままで千世は作業机に向かう。余計な会話はなく、少し疲れているようだった。明日までに部屋着を用意してやろうと僕は思った。

千世の勉強中もずっと合鍵を捜し続け、結局、洗面所の鏡と一体化した戸棚の髭剃《ひげそ》りの替刃の隣に置いてあった。

二十三時を過ぎ、千世を家に送る。カーシェア代は十五分で二百四十円。大学生の頃であればスピード違反ギリギリで運転していた。それくらい十五分二百四十円は痛手だった。今は千世を乗せ、外の景色を見る余裕がある。

駐車場に車を停めようとすると、千世は家の前で降ろして欲しいと言って譲らなかった。部屋を貸してもらって、その上毎回家まで来てもらうのは申し訳ないとのことだった。本当は千世が自室に入るまで、母とのクッションとして居たかった。

「これ、鍵やるよ」

頑《かたく》なな千世の指示に従い、家の前に車を停める。ルームミラーの千世を見ながら、腕を肩越しに可動域限界まで後ろに反らせ鍵を差し出す。

「俺の帰りが遅いときとか、居ないときも使って良いから」

千世は小さくありがとうと言って鍵を受け取ってくれた。

「母さんに合鍵バレないようにな。前、掃除行くから合鍵渡せとかキモいこと言ってきたから。彼女かっての」

僕は道化の気持ちで言ってみたけれど、千世は笑わなかった。

土曜日、昼過ぎに起きる。昨日、千世を実家に送り届けた後、家でひとり酒を飲んだ。今週千世が毎日家に来たから、健康的に過ごしたけれど、僕は酒が好きだった。会社の上司や同僚と飲みに行くことも、本来多い。

舌が軽石みたいに乾き、ざらついている。寝酒をあおると睡眠中に鼻が詰まっていつもこうなる。口の奥、脳に近いところに倦怠感《けんたい》が溜まり欠伸が出た。

ベッドに横たわったまま、今日これからを想像して気怠《けだる》さが増す。予定の多い一日だった。夕方に千世が来る。それまでの猶予を建設的に過ごすなど到底出来そうになかった。

「飯食いに行ってからもう一週間だってさ」

洗面所に居る千世がうがいをする水音の方へ言った。リビングのソファーで電動シェーバーを顎下に滑らせているときだった。

だってさ、と自分はあずかり知らぬといったニュアンスが言ったそばから引っかかった。水の落ちる音が止む。千世はリビングに入ってくるのと同時に、

「えー、はや」

とだけ言い、リビングに繋がった寝室に入っていった。目を合わせてもくれなかった。あっという間に試験日がやってくる未来を想像しているのだと僕は思った。

ここ数日、同じ空間に居るのに、千世の顔をちゃんと見ていない。

こちら側の雑音が千世の邪魔になってはいけないと思い、シェーバーをローテーブルに置き、寝室のドアを閉めに立ち上がる。簡易的な引き戸だ。閉めたって雑音がすり抜ける隙間はたくさんある。それでも開いているよりは良い。

ドアの前に立つ。千世の様子を覗こうと思った訳ではないけれど、部屋の中が目に入る。千世は作業机につっ伏していた。貧乏ゆすりをしているのか、身体と一緒に机が揺れ、床と机の脚の摩擦でキュッキュッキュッと等間隔に音が鳴る。僕の気配には気が付かず一心不乱に千世は震えていた。

僕は黙って後ずさりをした。千世の姿を見て、なにを思うことも出来ず、ソファーに戻ってやっと思考が解凍され動き出す。

いつも明るく振る舞う妹が、誰の目にも晒されなければ、ああなるのだと知ってしまった。言葉として吐き出せなかったフラストレーションが血管に詰まっているような、病的な発作に見えた。

掛ける言葉が僕にはなかった。言葉なんかで救えるなどと思えなかった。

このあとの予定に向かうべきか。はっと思考から現実に意識が戻ると、閉めようとしていた引き戸のところに千世が立っていた。

「お兄ちゃん、予定あったんじゃないの？　まだ家いて時間良いの？」

そう言って、僕の横を通り過ぎてキッチンに向かう。実家で使っているダウニーの香りがした。

「あぁ、まだ余裕よ」

そう言ってからスマホを見ると、家を出ると決めていた時間になっていた。

二リットルのペットボトルと二つ重ねたグラスを両手に千世は戻ってきた。ソファー前のローテーブルにグラスを置き、いる？　と僕に聞く。ありがとうと答えると、千世は二つのグラスの七分目まで均等にお茶を注ぐ。一つを僕に手渡してくれ、もう一つに口をつけた。

小さな顎が揺れる。汚れのない黒髪が柔らかく光を反射している。

「行っておいでよ。私は一人で勉強してる」

千世は僕を諭すように言う。眉間に力みのある表情、眉の角度が鋭くなっている。

「いや、そんなに大事な予定でもないし、今日はやめとこうかな」

「私に気遣わないで。一人の方が集中出来るし」

千世は心からそう思っているのだろう。離れ難かったけれど、僕が近くにいても癒《いや》せない気がした。むしろ一人の時間が要るのかもしれなかった。

「じゃあ家に送る時間には必ず戻るからね」

そう告げると、千世はほっとした丸みのある表情に戻り、部屋に戻って行った。

高田馬場《たかだのばば》の駅前に押し寄せる浮ついた人波に逆らい、周囲の状況に神経を尖らせて歩く。大学生の頃、ギターケースを背負っていると自然と胸を張って歩くことが出来た。社会人になってから初めてギターケースを背負い外に出て、その大きさがどれだけ他人の邪魔になるかが強く意識された。

赤信号で立ち止まった交差点。向こうを見遣《みや》るとスーツ姿で死んだ顔のサラリーマンが立っていた。僕も仕事帰りはああいう類《たぐ》いの顔をしているのかも。

仕事への意欲に偽りはない。優秀な同期と並び立つための努力はしたい。何より、会社や上司が僕たちに求めているのは学力とはまた異なった能力で、そのことが僕に解放感を与えてくれた。机に向かってした努力より、生きてきた中で培われた魅力が問われている感覚。

父は仕事が好きな人だ。建築士として企業で働いているということは知っているがそれ以上は知らない。家庭を顧みないし、何も教えてはくれない。父を特別嫌ってはいなかった。けれど、僕になんの興味も示さない父は出来た親ではないのだろうと今は思う。

じゃあ母はどうなんだろうか。父と違って、子どもへの執着は強い。子どもへのと言うよりはその出来不出来へのと言う方が正確な気がする。何が母をそうさせているのだろう。

駅から徒歩で十分の道中では到底答えには至らず、思考の糸が絡んだままスタジオに入っていく。

スタジオの一室。ぶ厚いドアを開くと、中では悟志《さとし》と悠子《ゆうこ》が床に座って話していた。

「おう、やっと来た」

盛り上がっていた会話の余韻なのか、悟志の声は明るい。留年してるのに。

「明るいな、悟志。留年してるのに」

思っていることをそのままに言う。二人は笑う。言うべきか言わないべきか選り分けるフィルターが一瞬で馬鹿になる。家族や同僚、上司と話すのとはまるで違う。千世と話すときでさえ僕は言葉を慎重に選んでしまう。

「まず遅刻を謝るだろ、普通。遅刻したからスタジオ代半額出せよな」

悟志が笑いながら言う。遅刻するとスタジオ代の負担額が増えるルール。久しぶりに思い出した。

「悟志も時間、間に合ってなかったけどね」

悠子が不満そうに、またそれが演技だと分からせるような口ぶりで言った。

「そこは社会人二人が多めに払ってよ。一留で済むか分かんないんだよ、俺」

悟志が得意気に自虐をしているのを横目に、僕は壁に掛かったシールドを手に取り、ギターをマーシャルに繋ぐ。真空管が温まるのを待ちつつ、無言を貫くのも変に思われたので、

「悠子は結婚式場どう？　順調？」

と尋ねた。

「辞めたいね。順調に辞めたい気持ちが高まってる」

悠子は真顔で言い、ベースを肩にかけた。そして一音一音を確かめるように弦を弾《はじ》いた。地を這《は》う音が、耳というより足裏から脳の方へ響く。悟志は我関せずという気持ちを表すためになのか、ツムツムを音を出してプレイし始める。

「マナー講師にブチギレられたんだっけ？」

「そう。しかも研修初日に。そのせいで要注意新入社員だと思われてるっぽくて。上司の当たりもキツめ」

ツムツムをやっていた悟志が〝ぐふっ〟というような、口内に押《お》し止《とど》めた笑い声を出した。

「ごめん。人様を笑って良い立場じゃないのに」

悟志が言い、悠子は笑った。

「まぁ、辞めないけどね。辞めたとしても同じ業種に転職したいし」

「良いな。羨《うらや》ましいよ」

意識せず、言葉が漏れる。

「晃成は？　人材派遣会社どうなの？」

悠子が微笑んで問うてくる。僕の小声が聞こえたのかもしれない。

「普通だよ。残業とかはあんまりないし土日は休みで。今後は接待とか増えるかもしれないけど、今はぼちぼち働いてるって感じ」

「じゃあこっから忙しくなる感じだ」

「まあでも、せっかく入れた大企業だしさ。同期は出来の良い人ばっかりだけど、上司は結構褒めてくれるんだよな」

「でもさぁ、他人の評価だけ気にして生きてるの辛くない？」

悠子が僕の目を眼光鋭く射貫くように見つめて言った。

二分経っただろうか。弦をピックで撫でると音程のずれたギターがぐらついた和音を奏でた。

「ごめん。別にケンカしたい訳じゃなくて」

ギターの不協和音が不安にさせたのか、悠子は真剣な顔で言う。

「いやぁ。全然大丈夫」

「なんで晃成はその会社選んだのかなって、単純な疑問としてね」

一業界シェア一位の会社なら社会に与える影響も解決すべき課題も他社に比べて大きくなるわけで、新規事業立案も多く、今までは手が届かなかった分野への対応力は国内企業ではトップクラスだと思うから」

悠子は呆《あき》れ顔で聞き、それ以上深追いはしてこなかった。面接対策で頭に叩き込んだ文言を咄嗟に喋った。僕の中に今の会社を選んだ理由などあるはずがなかった。母がいくつか選んだ優良とされる企業のうちの一つ。母に言われて就職試験を受けて、なにかのラッキーで受かった。それだけのことだった。

意識して思い出さないようにしていたから忘れたと思っていた。けれど脳の奥の奥にしっかりと記憶は仕舞い込まれていた。本当はなんの目標もない。就職したあとの未来なんて大学生の頃にはなんの見通しもなかった。就活に興味がなかったからこそ、母の言う通りにするのが楽だった。結果として僕は今、不自由のない暮らしを送っている。

大学の同級生たちよりは現状の生活レベルも、将来的に考えた生涯賃金もずっと良いのだろう。そしてなにより母は喜んだ。内定が決まった日の晩、母方の祖父母に電話をしている母が僕を褒めるのが風呂に向かう途中、廊下に漏れ聞こえたのを思い出す。

「晃成はやれば出来る子だって、あたしずーっと思ってたの」

母の声は水っぽくて、ヒステリーを起こして泣き叫びながら怒られたことは幾度もあったけれど、感涙は僕にとって初めての出来事だった。永久に消えることがないと思われた母への憎しみは、その瞬間だけふっと弛《ゆる》み、静かに吐く息が震えた。

スネアドラムの跳ねる音で今を取り戻す。現在と過去が、境界を失って混在していた。悟志はいつのまにかドラムセットについている。悠子はベースを覗き込むように見ていた。

内定が電話で伝えられた日。僕は大学に居た。就活と両立するには少し多いコマ数の授業を取っていた。二限と三限の合間。就活で休んだ授業を担当する教授を訪ね、面接があったことを説明し、出席点をちびちび回復していく。ぶざまだと分かっているけれど、単位取得のためには背に腹は代えられない。三限が始まる寸前まで各研究室を回ってから教室に向かった。

雨の残り香を放つ木々の並ぶ大通りを足早に歩いているとき、スマートフォンが震えた。スラックスの薄い生地を突き破りそうな勢いでポケットに手を入れ電話に出ると、低く重い声の男性が精一杯明るく努めて、おめでとうございます。と言った。三限は出たけれど、なに一つとして講義は聞かず、内定が出たことを親しい友人たちや後輩たちにLINEした。ベンチャーのIT企業や小さな広告代理店の内定を持っていたから、内定辞退するにはどうしたら良いのかを調べている間に時間は過ぎる。僕が受けていた企業の中では一番の大手企業からの内定。それは即ち就活の終わりだった。解放感は身体に収まりきらずに机を何度も小さく蹴《け》った。

LINEのタイムラインがおめでとうで埋め尽くされたのを眺めていると母の顔が浮かんだ。母の方針に従い就活を行い、その結果上手くいった。母への恨みはその頃にも心に深く根差していた。その芽生えはいつなのか分からないけれど、僕という生物とは不可分な本能に近かった。高校生になってギターを始めたのは、今になって考えると、母の理想の息子像から離れるためだった。それなのに母の言うとおりに就活したのは、簡単に言えば面倒臭かったから。やりたいことは考えつかなかったし、なにに適性があるのかも分からない。実家の本棚から『13歳のハローワーク』を引っぱり出して今更読んでみたりもした。本の上に飛び出すようにポストイットが貼られていて、開いてみると弁護士や医者、パイロットなど崇高そうな高給取りばかり。母が貼ったのだとすぐ分かった。

リビングのソファーで就活サイトを見ていると母は僕に喜んで講釈を垂れた。それは母との久しぶりの会話だった。僕と楽しそうに話す母を見たのは中学生の頃以来かもしれない。学校に行くことが出来なくなった千世に厳しく理不尽に当たり散らす反動なのか、僕にはやけに優しく接した。

授業が終わって講師が教室を出る頃、僕は母にショートメッセージを送った。内定が出たとだけ素っ気なく書いた。大学構内のキャリアセンターに向かう途中、母から着信があった。母の声は若々しく、同年代か年下の女の子みたいに聞こえたけれど嫌ではなかった。早く電話を切りたかった。嫌悪感からではなく気恥ずかしさからだった。

夕方、家に帰ると寿司《すし》が取ってあった。寿司桶《おけ》が並ぶダイニングテーブルに家族揃って座り、ビールを飲んで寿司を食べた。あのとき、同じ場に千世もいたはずだが、どんな顔をしていたのか覚えていない。

飯を食ってから帰るという二人と繁華街で別れてからずっと記憶を手繰り寄せていた。一つ思い出すと付随して余計なことを思い出す。『13歳のハローワーク』を大学四年になって読んだことなんてきっと二度と思い返さない。

家の最寄り駅に着いたときには二十二時半になろうとするところだった。千世を実家に送迎するために帰ってきたのだと意識され、静かな住宅街を足早に歩く。

就活の一連の記憶の中に千世は一度も現れなかった。僕が就活に苦しむ間、千世は何を思っていたのか、手掛かりがない。千世自身に聞いてもネガティヴなことは言わないだろう。料理が不味《まず》いとか、この俳優は好きじゃないとか、何かを否定する言葉を千世の口から聞いた覚えがない。母は感情的になりやすい。父は野球を見ているときを除けば穏やか。千世はどちらかといえば父に似ているのだろうと思う。僕はきっと、残念ではあるけれど、母に似ている。その自覚があるから感情的にはならないように努めてきた。母の前で泣いてしまった二日前、自室の壁を拳で貫いた高三の冬。二つが一緒くたに一連の映像になって浮かぶ。自己嫌悪をひきずったままでオートロックのエントランスを抜ける。

エレベーターを降りて五階。ドアの前に立ち鍵を差し込み回したとき。解錠され、ほんの少し密閉性が損なわれたドアの隙間から音が漏れ出す。千世が話しているのが聞こえる。なにを話しているかまでは分からない。ドアを開け廊下をわたり、リビングに入るとスマートフォンを耳に当てる千世と目が合う。

「家に帰ったらちゃんと説明するから」

作業机の側で立ち上がって頭の先から足先までがぴんと硬直している。表情はわずかに歪んでいるように見えた。分からない、あくまで僕の主観だ。きっと母と話しているのだと決めつけているからそう見えるのかもしれない。

「もうお兄ちゃんの家は出るから。うん。じゃああとで」

耳から離したスマートフォンを胸の前で両手で包むように持ち、おかえりと小さく言った。先ほどとは違う表情。緩やかに下がる目尻と綻んだ口元。けれど胸の内にあるのは苦しさだと簡単に見抜くことが出来る嘘つきの笑顔だった。


いつもの通り、千世を車に乗せて実家へ向かう。実家のある住宅街を徐行して抜ける途中、

「家の前につけてくれたら大丈夫だから」

と千世はしきりに言った。

「まだ荷物が置いてあるから、近くのパーキングに停めて俺も行く」

千世はしどろもどろになりながら僕が実家に帰ろうとするのを防ごうとした。私が明日家に行くとき持っていく。そう言って譲らなかった。理屈が通らないと申し出を断り続けたけれど、そもそも実家から持って帰りたい荷物なんてない。

パーキングに停車すると千世は口を開かなくなった。実家まで二、三分の道。こちらからなにか話すべきと思ったが話題がない。

「今日、バンドの練習行ってきた」

それに続く言葉を思いつく前に話し出す。

「ふーん」

隣を歩く千世は興味なげに足元を見て歩いている。母になにを言われたのかが気掛かりだったが、尋ねても僕には教えてくれないだろうと理解していた。どうせ良い話じゃない。なにかあったら仲裁出来るように。そのために僕が居なければならない。

千世の後ろに続いて実家に入る。ただいま。千世が囁くように言った。挨拶《あいさつ》としての機能を失った、誰にも届かないことを願うような言い方。

「先、部屋戻って着替えてきなよ」

そう促して千世を二階に上がらせた。自然とこちらの声も小さくなる。

母はダイニングに座っている。怒っているとき、母は玄関に出迎えに来ない。僕が子どもの頃からそうだ。蜘蛛《くも》のように自分のテリトリーから動かない。獲物がリビングに入ると一言、こっちに座りなさいとだけ言い、座らせてからもしばらく話し出さずに重苦しい間を置く。気まずさが最高点に達した頃に、お母さんがなんで怒ってるか理解出来る？　と始まる。お決まりの演出パターン。怒りの矛先はきっと千世だろうから、あえて自分が先にリビングへ入った。

案の定、母はダイニングテーブルの前に座っていた。ドアの方に背を向けた位置。ドアが開いた音にまったく反応せず姿勢を崩さない。

「ただいま」

「晃成、千世の勉強はどうなってるの？」

揺らぎのない声。母の激昂《げきこう》した高い声は嫌いだけど、落ち着いた低い声も好きじゃない。

「毎日集中してやってるよ」

「とりあえずこっちに座って話しましょう」

母の対面に僕は座る。座ってすぐに母の目を睨みつけるような気持ちで見つめた。

テーブルの上、模試の成績表が僕の方に向けて置いてある。河合塾全統マーク模試の個人成績表。見ていると頭痛がしてきそうなほどに数字で埋まっている。

「これがどうかした？」

「よく見て」

母は成績表を僕の方に寄せた。

これは一ヶ月以上前の千世の成績であって、頑張りを一番近くで見守っている僕からすれば点数に意味はない。

「あんまり模試の成績で一喜一憂したって……」

「千世の頭が悪いなんてことはあたしだって重々分かってるの。そうじゃなくてあたしが言ってるのは志望校のこと」

細く長い人差し指で紙を二度叩く。志望校別成績の欄。第一志望は横浜国立大学。第二志望に首都大学東京。そして第三志望に青山学院大学と記されていた。青山学院大学教育人間科学部教育学科。B判定。それ以降、第九志望まで私立大学が並んでいた。

「中途半端な大学には行かせたくないって、あたしが千世に何回言ったと思う？」

僕は成績表を手に取って顔のすぐ近くまで寄せてまじまじと見る。千世は文系科目がよく出来る。私立に絞れば難関大学にも手が届くような点数。数字の一つ一つを目で追う。

「あんたが唆《そそのか》したわけ?」

紙を机に置き、母の顔を見た。額の血管が浮き出ている。目の輪郭と眉が重なってしまいそうなほど目元が力んでいる。

「唆すって。そもそも俺と会うようになる前に受けた模試だろ」

目の前に置いてあるカップに目をやりつつ僕は言った。

母は立ち上がり廊下に出ると、

「千世、下りてきなさい。話があるから。早く」

そう呼んでドアを乱暴に閉めた。階段を小さな足音が下りてくる。僕が廊下に出るとちょうど千世と鉢合わせになった。

「千世、行かなくて良いよ。今話しても埒《らち》があかないから」

「ううん。大丈夫。お兄ちゃんはもう帰って」

千世は僕を玄関の方へ押した。そして、靴箱の上のキーフックに僕が無意識に掛けたであろう車の鍵を手渡す。

「また連絡するね」

僕は千世に押し出されて、履いてきたスニーカーを踏み潰すように三和土《たたき》に下りた。振り返り、千世を見上げて、大丈夫かと本当に小さく僕は言ったけれど、空気のかすれる音にしかならなかった。僕がなにかを言ったことを感じ取ったのか、千世は微笑んでみせた。道まで出てから家の方を見る。戻ろうかとも思ったけれど、自分がどうすることも出来ないことも分かっていた。母の考えを変えられるような理屈なんて思い付かないし、なにより僕は母が怖かった。母を目の前にすると、自分が正しいと信じていても言い返すことが出来ない。母の前では恐怖で思考が巡らない。自分が憐《あわ》れな生き物に思えた。

次の日も千世は僕の家に来て勉強を続けた。見限られずにいられたことは嬉しかった。けれど僕が帰ってからなにがあったのか千世は言わなかった。なにを思っているのか正確なところは分からない。


一人暮らしの大晦日《おおみそか》は味気なく過ぎて年を越す。近くの蕎麦《そば》屋に行くか迷った挙げ句行かなかったのが今日の一番のハイライト。それ以外には特筆すべきことがない。千世は学校も予備校もないからと実家にとどまり勉強している。

あと三週間足らずでセンター試験。二度大学受験をしたけれど今年が一番緊張している。自分が受験するときは勉強に身が入っていなかったから捨て鉢なところがあった。今年は千世が勉強しているのを毎日近くで見ている。努力の蓄積が見えるからこそ、自分のこと以上に緊張してしまう。

ソファーに寝そべりゆく年くる年をぼーっと眺めているのにも飽きてスマートフォンを見ると、LINEが何通か届いており、千世からも送られていた。

〝あけましておめでとう!!〟

わざわざ送らなくても良いのに律儀に連絡を寄越《よこ》してくる。今日の昼から僕は実家に帰る予定だった。叔母の家族が実家に来る。数年に一度のペースで僕が子どもの頃から行われてきた小規模な新年会。高校生になる頃から年始は友人と過ごすようになったから久しく叔母家族に会っていない。母が僕の就職先をひけらかすのを想像すると気分がおちる。けれど千世が自習しやすくなるようにしてやりたい。そのために母の標的になるのなら構わなかった。

一日中なにもしていないのに身体には疲れが溜まっていて、目を閉じると眼球とまぶたの間に温かい涙が膜を作った。足先から身体が空気に溶けていくように感覚を失って眠った。

旨味《うまみ》成分を含んだ蒸気を放ちながら母がダイニングテーブルにやってくる。雑煮のお椀《わん》を一杯に載せたお盆を一度テーブルに置いてから、一人一人の背後に回ってお椀を置いていく。澄んだ出汁《だし》に餅《もち》が沈んでいて、それを土台にして葉物野菜と鴨肉が載せてある。その上に白髪ねぎと柚子《ゆず》の皮が浮かぶ。

「えー、おいしそう。料亭みたい」

いとこのゆうかちゃんは心の底から感心したというような声で言い、スマートフォンで写真を撮っている。

「全然そんなことないのよ。適当に作ったからお口に合うかしら」

自尊心が満たされた母の艶《つや》っぽい声の謙遜。

「こうくんも食べてね」

わざわざ僕の名前を呼び、雑煮が置かれた。艶っぽさをひきずった声。

「わぁ〜、ありがとう。お姉ちゃん」

叔母のきみかさんは良い意味で親っぽくない。雑煮ひとつにもまだ目を輝かせる感性の若さ。母と姉妹という感じがしない。

ダイニングテーブルの中心にはどこかのホテルのシェフか誰かの監修したおせち料理が並

ぶ。ローストビーフやウニやイクラが宝石みたいに箱の中心で輝いて、田作りや昆布巻きが端に追いやられている。

テーブルの周りには僕と母、そしてきみかさんとゆうかちゃん。旦那《だんな》さんがなぜ来ていないのかは聞きそびれてしまった。父はソファーに座って駅伝に視線を奪われている。

千世はおそらく自室で勉強しているのだろう。十二時頃に実家に帰ったから、僕が来る前に挨拶くらいは済ませたのかもしれない。

「ゆうかちゃんはお酒は飲むの？」

母がダイニングテーブルに座る人数分のおちょこを運んできた。

「飲みますよ」

「お屠蘇《とそ》は用意してないけど、代わりに日本酒があるから飲む？」

母は棚に置かれた大吟醸を手に取った。僕が贈った大吟醸。

「えぇ、ゆうかお酒飲めたの？　まだ二十歳なってないでしょ」

そうなのぉ〜、と弱々しい声で母が言った。母は酒瓶をテーブルに置かずに、赤ん坊のように胸に抱き、会話に入るタイミングを窺《うかが》い、冷たい目をして口元だけを綻ばせる。

「まぁ、大学生なんてねぇ。そんなもんですよ」

僕が会話を引き取り、ゆうかちゃんに繋ぐ。

「ほんとそう。法律守ってる人なんていないよ。大学入ったらほぼ二十歳みたいなものだから」

そう言っておちょこを手に取ると両手で持ち頭の上に高くかかげた。

「ゆうかちゃんはサークルとかなにかやってるの」

と聞くと、

「インカレのイベントサークルとフットサルサークル入ってる」

と歯切れ良く答えた。昔会ったときは明るい中学生だったゆうかちゃんは、いわゆる女子大生になってしまっていた。そう思ってみると目尻まで引かれたアイラインや、華やかな茶髪が目立ち出す。

僕は母が直前まで抱いていたテーブルの上の大吟醸をゆうかちゃんのおちょこに注ぐ。江戸切子の少し大きめで涼やかなおちょこ。命が宿るみたいにキラキラと光を反射させている。

「じゃあ晃成くんも」

とおちょこを渡され、

「手酌はさみしいじゃないですか」

と一升瓶が強奪されていった。仲良くなれそうだと思った。母は大吟醸が初任給のプレゼントであるとついぞ言えぬまま、数時間で大吟醸は空になった。母と父も飲んだけれど、ほとんど僕とゆうかちゃんで空けた。ゆうかちゃんは途中で江戸切子を落として割った。概《おお》むねゆうかちゃんのペース。母が押されているのを僕は内心愉快だと思って見ていた。

差し込む夕陽がリビング全体を木目調に塗り替えているようだった。母は日本酒を飲んでいたのに、淡々と食事の後片付けをこなす。父とゆうかちゃんはソファーに座って野球の話をしていた。叔母家族は所沢《ところざわ》に住んでいて西武ファン。父は巨人ファン。酔っているからか二人とも他球団への悪口が止まらない。僕は野球に明るくないので話には交ざれない。きみかさんは鎖骨の辺りに握り拳を当てがいリンパを流していた。全員が惰性でねじまき式の玩《がん》具《ぐ》みたいに動いている。

リビングをひとり抜け出す。誰も僕に視線を送ることはなかった。酔ってはいないと思っていたけれど立ち上がり階段を上がる途中、血が一気に巡り出す。時間の進みが速くなったような感覚。脳みそが豆腐みたいに揺れる。

千世の部屋の前に辿り着いたときには息が上がっていた。静かに三度ノックをすると、はいと声が返ってくる。

「入るよ」

千世は机に向いたままペンを走らせている。

「どんな感じ」

無関心を強調した高めの声で言って、千世が見ていなくともなるべく自然な笑みを作る。

「うん。大丈夫」

椅子が止まりかけのルーレットみたいに回って千世の笑顔が僕の正面を向いた。

「あけましておめでとう」

「まだ言ってなかったっけ。あけおめ」

年に一回しか使わない挨拶が兄妹間で行き交うのが気恥ずかしい。

「パーティーはどんな感じ」

「パーティーってのも大袈裟《おおげさ》だけど。おせち食って酒飲んでだべってるだけ。きみかさんとゆうかちゃん挨拶した？」

「朝したよ。大丈夫」

「そうか。夜ごはん、部屋持ってこようか」

「ううん。晩ごはんのときくらい一緒に食べる」

「すき焼きだよ。どうせ」

「じゃあ呼ばれるまで上に居るね」

笑顔のまま冷たく言う。僕は千世の顔をじっと見た。なにも出来なくとも表情からなにか読み取れることはないか。視線がうざったかったのか千世は机に向きなおる。

「もう出てって。勉強する」

千世が言い、僕は部屋を出る。ごめん。僕が言うと、千世は扉が閉まる寸前、こちらを振り返った。何か伝えようとしたのかもしれないが僕には分からなかった。


ガスコンロで鍋が煮立って、庭に面した窓が結露だらけになった頃、僕は千世を呼びに行った。リビングに千世が下りて来ると、全員の会話が少しぎこちなくなる。僕も受験生だった頃に経験した気まずさ。自分のことを不発弾みたいに刺激しないようにと扱う周囲の反応。明るく振る舞っても、静かにしていても大差ない。いざ自分が周囲の人の立場になるとあのときの大人と同じ。気の利いたことは言えない。

千世が席に着く。今日初めて全ての椅子が埋まる。

「お腹空いた」

隣の席の千世が気の抜けた声を出す。

「体調管理が大事だからな。一杯食べなよ」

千世に卵が出ていない。僕が立ち上がると右斜め前に座るゆうかちゃんがふぐっと鼻の奥を摩擦させる音を出した。

「自分で作ったみたいな言い方。作ったのおばさんなのに」

「あたしも同じこと思ってた」

きみかさんもつられて笑う。父も笑っている。母は卵を溶いていた。母が千世のことで不機嫌なのは今に始まったことじゃない。他の皆が笑っているだけで味方が増えた心地がした。甘辛いすき焼きが香り出す。砂糖が溶けた割り下のべたつく蒸気が肌に触れる。食事が始まる安心感がダイニングを覆う。


「ミスっちゃったの。けん玉。十人目くらい?」

ゆうかちゃんは千世に昨夜の紅白の内容をこと細かに話す。余計なことを話さず黙々と食べる予定だったであろう千世は案外楽しそうに話を聴いている。〝ミスっちゃった〟という言葉が引っ掛かったけれど不穏にはならなかった。そもそも誰も気にしていないのかもしれない。

「ギネス記録なんて言われたら緊張するよね」

千世とゆうかちゃんでは年が一つしか違わない。なのに随分千世は幼く見えた。ゆうかちゃんのメイクや髪色のせいもあるけれど。

「別にけん玉なんて興味ないけどさ、見てる方も肩に力入っちゃう感じ」

話し終わってからグラスに残るビールを口に流し込む。

「えっ。ゆうかちゃん、もうお酒飲んでるの？」

千世の声のボリュームが増す。世間話をしていた大人三人も千世の方を見た。

「そのくだり、今日二回目」

得意顔で空いたグラスを左右に振って、ゆうかちゃんが返す。

「大学入ったら皆飲んでるって。ねぇ」

アイコンタクトがキラーパスでこちらに飛ぶ。

「まぁ、人によりけりだとは思うけど」

「こうせいくんも飲んでたでしょ？　大一で」

「いや、俺は一浪してるし、四月が誕生日だから」

返答に困って考えなしに言葉が出てから思い出す。〝せっかく四月に産んであげたのになんで浪人なんかするの?〟母が発した罵り《ののし》。母を見る。視線は手元の取り皿だけれどきっと意識はこちらに向けている。

「大学にばれたら停学とかになるんじゃないかな。先輩でそういう人いたし」

「まじ?　やばいやばい。せっかく推薦で早稲田入ったのに」

「ねぇ、本当にやめてよ。そんなことになるの」

きみかさんは下がり眉の弱々しい表情を作ってみせる。

「校舎は所沢?　きみかの家から近いわよね」

母が会話に割って入る。千世の顔が強張っていくように見えた。

「早稲田のキャンパスだから一時間くらい掛かるの」

「あら、そうなのね」

母はさらりと返事をした後、飲んでいたビールの入ったグラスを音を立てテーブルに置いた。

「最近なんて授業受けに行ってるってよりお酒飲みに大学行ってた。忘年会多くて」

「私が大学行ってた頃も一年生からお酒飲んでたわよ。もう三十年近く前だけど」

母が言うと、ゆうかちゃんが楽しそうに笑い空気が明るくなる。僕の肩から首にかけての強張りもゆるむ。

「きみかが心配し過ぎなのよ。まぁ大学行ってないから仕方ないことだと思うけど」

「えっ」

きみかさんが驚いて小さく言った。薄ら笑いの母はきみかさんから目線を外すと何事もなかったようにまた話し始めた。

「でもゆうかちゃんもあんまりお酒飲み過ぎたら駄目よ。せっかく指定校で良い大学入れたんだから。一般入試だったら入れないでしょ」

全員が食卓を囲むなか、母は独りで話した。リビングに似つかわしくない威圧的な声量。母の顔は赤く、ファンデーションの色と合わなくなって皮膚が剝がれたみたいだった。首にはアルコールによる病的にも見える赤みが浮かび上がり、青緑の血管が走っている。

「ちょっと飲み過ぎだよ。ごめんね。変なことを」

父が言う。ゆうかちゃんは苛立ちを隠さずに表情にしていた。それを感じ取ったのかきみかさんが笑顔でまあまあと声をかける。

母は完全に孤立しながらも話し続ける。

「千世はそんな小狡《こずる》いことしないもんね。ねぇ、千世」

ゆっくりと千世に視線を向けた。それを合図にしたかのように全員の視線が千世に集まる。

千世だけは僕を見ていた。恐怖なのか睫毛《まつげ》が小刻みに震えている。瞼《まぶた》が痙攣しているのかもしれなかった。千世に僕の顔はどう映っているのだろうとふと思う。表情筋が溶けていく。自分がどんな顔をしているのか分からなくなった。

「千世は共通一次受けて自分の力で国立大学目指してるんでしょ。ねぇ、そうでしょ」

「センター試験は受けるけど、受験がどうなるかなんて」

「晃成は黙ってて、今は千世に聞いてるの。ねぇ、千世そうでしょ」

「いや、私は……」

そこまで弱々しい声にして、千世は母のアイスピックのような目から逃れるように俯いた。顔に掛かる前髪が微細に揺れる。

「受かるのかどうかって聞いてるの」

発話の途中、強い力で箸《はし》をテーブルに打ちつけ、気道を擦り上げるように声を張った。

心臓が縮みあがり、血流が滞る。何も考えられない。母を見る視界と自分自身を空中から俯瞰《ふかん》する視点が僕の頭に混在している。千世が何も言わないのを母は待ち続けた。俯いたままの千世が空気入れみたいに音を立て肩で呼吸する。破裂する寸前の風船が想像された。

「お姉ちゃん。もう止めてよ。お正月から大きい声出して」

きみかさんが立ち上がり丸みのある優しい口調で言った。冷蔵庫から水のペットボトルを取り出して母の前にあるコップに注ぐ。

「お酒飲み過ぎだよ。ちょっと落ち着いて」

諭すようなきみかさんの言動を目で制するように母は睨み付けた。母は水に手を付けないまま、次に僕の顔を見た。

「水飲んで。少し冷静になりなさい」

父が命令口調で母にものを言うのを初めて聞いた。高揚と興醒《ざ》めの中間に居るのか困ったように目尻が下がっている。母がコップに手を伸ばし触れようとした瞬間。コップの水が飛び上がるようにきらめきながら跳ねた。大きな衝突音がして、音の方へ向く。千世が立ち上がっていた。下を向いたまま、千世の表情は見えない。小さな拳は強く打ちつけたのかテーブルに置かれて真っ赤になっていた。もういい。声の主が千世なのか分からない。小さく怒りに満ち満ちた声だったから、千世が口にするイメージが湧かなかった。長髪が扇状になびく。速く強い歩調で歩いて行った千世は強い風圧を伴ってドアを開け、力任せに閉めた。

乱暴に階段を駆け上がる足音、そして二階で再びドアが強く閉められるのをリビングで皆ただ啞然《あぜん》として聞くだけだった。僕も千世の一連の振る舞いにとまどうことしか出来なかった。ひとつひとつの挙動はどれも千世のイメージから外れていた。

「千世。あんた何やってるか分かってるの」

立ち上がった母は顎を上げ、天井に向かって叫んだ。

制止しようと肩に置かれたきみかさんの手を振り払って母が歩き出す。足取りからは先ほどまでの酔いは見受けられない。酒のせいではない無雑な怒り。

思い通りにならない我が子の存在は母にとって尊厳を踏みにじられるに等しい。この瞬間、漠然と母に抱き続けたイメージが初めて言葉になった。千世の気持ちはどうなる？　そして今まで僕の気持ちはどうなってきた？　問いが明確になる。付随して様々な感情と思考が渦巻く。

「千世、下りてきなさい。どういうつもりなの？」

母がリビングと廊下を隔てるドア枠のところに仁王立ちで怒号を飛ばす。廊下に反響した声が家を揺らし、しんと止む。心ざわつく不穏な静けさが残される。千世からの返事はない。

「何してるの？　私に歯向かうわけ？」

そう言って母は廊下に歩み出す。僕は立ち上がっていた。腰骨がテーブルにぶつかり、鍋や皿が音を立てた。しかし、そんなことは知覚されても意識は向かなかった。小走りで母を追い、暗く底冷えする廊下に飛び出す。階段に足を掛ける寸前の母。背中に投げ掛ける。

「もうやめろよ。母さんが悪いよ」

何を言うか、立ち上がった瞬間から決意していたけれど、思ったより小さい声になった。

振り返る母は、はぁ？　と不愉快な音域で言い放つ。

「追い詰めんなよ。千世のこと。頼むから」

視線が重なって暗がりの母の黒目が少しずつ大きくなるのが分かった。稲妻みたいな血管が白目に走っている。

母の肩が持ち上がり、半開きだった口を噛みしめるように力が入る。顔全体の筋肉が収縮した母は、

「千世のためを思って言ってるんでしょ」

そう叫んで、僕の肩、鎖骨の辺りを強く押した。僕は母から伝わった力を身体で受け止め、後ろに退《ひ》かなかった。分かり合えないんだな。言葉が、何の意識もせずに口を衝《つ》いて、口にした瞬間、身体の芯、頭から背骨を通って全身に熱が伝導していった。母が初めて不安そうな表情を作るのを見た。

「やめなさい。正月から」

父がやってきて、母と僕の間を割った。母は僕も父も無視して、洟をすする水っぽい音をさ

せながら寝室の方へ行った。ドアが閉まっていないのか、寝室のある廊下のより暗い方から小さく嗚咽《おえつ》が漏れ聞こえる。父は母の方へ行き、ドアの閉まる音がした。

リビングに戻ると、ゆうかちゃんときみかさんが二人残され、所在なくたたずんでいた。本当にすみません。僕が頭を下げると大丈夫ときみかさんは答えた。二階に向かう。千世の部屋の前。ドアの隙間から青白い光が零れている。

「千世、入っていい?」

ノックするのと同時に言い、少し間があってから、うんと返事があった。鼻だけで鳴らしたような声色だった。

ドアをゆっくり開く。千世は勉強していた。机の前に座る背中だけが見え、表情は分からない。ペンを紙に走らせる乾いた摩擦音が鳴り続ける。近づくべきではない気がした。泣いているのは本能的に分かった。

「俺の家行こう。タクシー拾ってくるから。勉強道具と着替えも持ってこう。うちは泊まっていっても大丈夫だから」

うん。千世は小さく言った。机に向かったまま、身体の震えを押さえつけるような力みが聞き取れた。僕は着ていたグレーのフルジップパーカーを脱ぎ、千世の肩にかけフードを頭に被《かぶ》せた。

「じゃあすぐ戻るから。準備だけ。よろしく」

そう言って家を出た。ロンTで屋外に出たけれど寒さは僕に何一つ影響しない。走って大通りへ出てタクシーに乗り、実家の前へつけてもらう。

玄関には千世が立っていた。後部座席に乗せ、荷物を取りに戻る。自分の部屋に置いていたリュックを背負って階段を下りる。

騒々しさを感じ取ったのか玄関に父が出てきていた。

「千世は一旦《いったん》俺の家に避難させるから。母さんにも伝えて」

父の言葉が返ってくるのを待たずに外に出て千世の隣に身体を滑り込ませる。車を発進させようとするとき、玄関に母が出て来た。毛布を身体に巻きつけて、こちらを見ていた。つっかけたサンダルが足に馴染《なじ》まないのか、よろよろと歩み始めたのを見て、出してくださいと運転手に告げた。車は進む。けして背後は見なかった。実家がその後どうなろうと、僕にはどうでも良かった。


朝目覚め、喉の乾燥に気が付き、次に身体の痛みに意識が向いた。ソファーから身体を起こす。寝室の作業机に千世は向かっていた。朝八時半だった。

「おはよう」

「うん、おはよう。身体痛くない？」

「おう、大丈夫。いや、嘘。ちょっと腰痛いかも」

「私、ソファーでも良いよ」

「いや、睡眠の質が大事だから。今夜からもベッドで寝な」

千世は微笑んでいる。いつもと特別変わりなく見えた。

「朝ご飯作るか。糖分取った方が良いからな」

「ココア飲んでるし、大丈夫だよ」

「いや、絶対食べた方が良い」

僕はキッチンに立ちスクランブルエッグを作り、パンを焼いて出した。千世は英単語帳を読みながら食卓にやってくる。特に会話もなく食べる。テレビを点けて音量を絞り、ＢＧＭにしようと思ったけれどバラエティ番組は声がやかましくてすぐ消した。

千世がパンを頬張る。スーパーで買ったバターロール。実家ではもう少し上等なパンが出されていた。母が千世の朝食を捨てていたのを思い出す。

「なんか問題出して」

突然、千世が僕の前に英単語帳を差し出す。『ターゲット1900』。僕が昔使っていたのと同じ。けれどよく使い込まれて、記憶よりぶ厚く見えた。開くと大量のポストイットが貼られている。

「どの辺りが良い？」

ページを捲《めく》りつつ尋ねる。

「うーん。後半の方」

1500番台のページを開く。上から順に見ていくけれど、このページに僕の発音出来る単語がない。発音記号も小さく併記してあるが読み方が分からない。

「ハザード」

やっと読める単語が目につき声に出す。

「危険」

「正解。えー、バイオグラフィー」

「伝記」

「正解、えー、待ってね。読めないやつばっかだ」

「ありがとう、お兄ちゃん」

聞こえたのは全く予想していない言葉だった。千世の顔を見る。真っ直ぐ僕の方を向いている。いいよと僕は答えた。何に対してのありがとうなのか分からなくても良かった。むしろ僕は謝りたいくらいだった。僕がもっと強ければ、母から千世を助けられたのかもしれないと思われた。

昨日の夜、そして今朝になっても母から連絡はない。僕の家に居ることは分かっているはず。こちらから連絡するつもりもない。

「今夜からもうち泊まっていきな」

「うん。そうしたい」

「センター試験の日もうちから行っても良いから」

千世からの返事はなかった。咀嚼も動きも止まって目つきが険しい。何を考えているのか分からない。そのまま黙り込み、何も言わなかった。

千世は食べ終えて、食器をシンクに置いて、考えておくとだけ残し、寝室の方へ行った。

午後三時過ぎ、僕は実家へ向け車を走らせていた。千世が外に行くための服がないと昼食を摂《と》っているときに言い出した。予備校に行くための服。学校に行く場合は制服一式が要る。代わりに取ってくると告げると千世は大袈裟に嫌がった。恥ずかしいの一点張りだったけれど、勉強に時間を充てた方が良いと伝えると渋々ではあるが承諾してくれた。肌着やらは買いに行くことという条件を呑《の》み、僕は家を出た。

千世は自室の見取図を描き、どこの棚に何があるか、そして何をどれくらい持ってきて欲しいのか説明した。制服に外着、革靴、参考書等。荷物は多い。

大きめのダッフルバッグを持って実家に向かう。車はコインパーキングに停車しておいた。鍵を開け、堂々と入っていった。ただいまと一応言っておく。

二階の千世の部屋に行く。言われた通りのクローゼットを開け、制服やコート、ジーパンやフリースジャケットを二つ折りにしてバッグに入れる。本棚から参考書を出している途中、

「何しに帰ってきたわけ?」

母がドアの外からこちらを覗いて言った。

「服を取りに来た。千世はもう少し俺の家に居ると思う」

僕は意識的に母の方を見ないように、そして明るい声で言うよう努めた。

「いつまで?」

「分からん。センター試験も俺の家から受けに行くかもしれない」

「センター、ダメだったら許さないから」

必要な服はまとめ終わった。部屋を出て、母の存在はないかのように、階段を下りていく。まともに取り合わない。僕は深呼吸を意識的に繰り返し、深く胸の奥に酸素を取り込む。そのたびに脳が熱を放射する感じがした。

母は僕を追って下に下りてきた。背中を丸めてスニーカーに足を入れる。背後の足音が近づき止まる。

「センター失敗するなら早く言ってよ。無駄にドキドキさせないで」

「もう邪魔してやらないでよ。精一杯やってるよ」

「精一杯ってなに？　私立の中高一貫に行かせておいて馬鹿なのが精一杯なの？」

「千世は違うだろ」

母の方に向き直り言う。冬の冷気に前歯が触れる。

「俺はバカだったよ。でも千世は体調崩して学校に行けなかった分を取り戻そうと頑張ってるだろ」

「合格か不合格しかないでしょ、受験は」

「なんのためにさ、そんなに受験にこだわってんのか教えてくれよ」

少しだけ声を荒らげて僕は言った。

「なんのためって、それは我が子にちゃんと教育を受けさせて、独りでも生きていけるようにでしょ」

母は僕を説得したいのか、低く小さく言う。綺麗事を平然と言い放つ母に反論してやりたいことはたくさんあった。けれどそのどれもを押し殺す。建設的に、千世の有利のための言葉を探す。

「ならセンターにこだわらなくてもさ。千世の模試の結果見た？　文系科目に絞ればMARCHとか、関西の有名私立だったら受かると思う。一般的に見たら成績は良い方だよ。千世は」

「あの子の通ってる学校のレベルで見たら馬鹿なのよ。千世が一番恥ずかしい思いすることになるのよ」

「千世は一度でも自分の口からそんなこと言ったか？」

「ねぇ、なに？　その態度。そもそも学費を払うのは私たち親なのよ。親が認めた学校にしか学費も受験料も払わないから」

母が捲《まく》し立てるのを聞いて、もうどうなっても良いと思えた。

「あんたは働いてないだろ。親父の金だ。家で見栄《みえ》張ってるだけだろ」

衝動的に探した悪意ある言葉。捨て台詞のつもりだった。ドアの方に振り返ろうとしたとき、母は僕の顔を平手で打った。バランスを崩し、横っ腹にドアノブが刺さるように倒れた。両膝を三和土のタイルにぶつける。

「そんなことを言われるために育ててやったんじゃない」

冷たいタイルに手をつき、母を見上げる。怒りに満ちた母の顔が細かく左右に揺れていた。手の平を払い、立ち上がって打たれた頬を撫でる。熱を持った顔に冷えた手が触れると腫《は》れているのが分かった。

「千世がどうしたいのかもっと尊重してやって欲しい。酷いことを言ったのは申し訳ないと思ってる」

僕は深く頭を下げ、荷物を担ぎ外に出た。冬の風が吹いて頬の熱が身体から浮いている。心臓の脈動を頬に感じた。

覚醒の上澄みにまどろみが覆いかぶさっていた。アラームが鳴る前に飛び起きた。

朝六時。千世が起きてくる前に僕は朝食の準備を始めた。普段は家で食べることのないリンゴやパイナップルといったフルーツが野菜室にしまってある。

「おはよう」

「おう、おはよう。先にシャワー浴びておいで」

僕は平静を装って調理を進める。同じ空間に千世がいようといまいと関係なく、僕から少しでもネガティヴな要素を伝播《でんぱ》させたくない。

濡《ぬ》れた髪のまま千世は朝食を摂った。パイナップルがおいしい。お兄ちゃんも食べたら。千世の言葉に返事したそばから自分がなんと言ったか分からなくなった。

車で会場まで送ろうかと千世に昨晩尋ねたが普段通りの方が良いと断られた。千世の勉強している姿を近くで見守ってきた分、普段通りという言葉に一層重みを感じた。

千世が制服に着替え終わり、時刻は八時十分前。受験票、学生証はこちらが言う前にスマホのチェックリストと照らし合わせ確認していた。コートを着てマスクを着けた千世がリビングを出る寸前、

「駅までは送らせて」

僕が言うと、千世は立ち止まって僕を待った。

寝間着のスウェットにジャンパーを羽織って、一緒に外に出る。外廊下に出てから渡そう

と思っていたカイロとブドウ糖のキャンディーを部屋に取りに戻った。

「俺がセンター試験受けた日はさ、大雪だったんだよ」

僕が話し出すと千世はへぇーと相槌を打つ。マフラーで口元が隠れ、こもった声だが明るかった。

「電車は動いてた？」

「俺の乗ってる路線は動いてたけど、止まってるとこもあったらしくて別室で受験になったって聞いたな」

「晴れて良かった」

駅前の信号待ちの途中、カイロを手でこねながら、

「お守りとか渡してくれるのかと思った」

千世は笑って言った。口元が見えないけれどふざけてすねているというように映った。

「あぁ、ごめん。いや、でもお守りなんて欲しいか？　俺は母さんに二年連続で渡されて心底うざかったけど」

「お兄ちゃんが捻くれてるんだよ。普通は嬉しいことだから」

「母さんからはもらったろ？」

「ううん。もらってない」

千世は不思議そうにこちらを見た。顔の下半分が隠されているから、目が大きく開いているのが際立っている。

駅前に着く。じゃあ行ってくるね。千世が僕の横を離れ改札に向かう。

「時計持ったか」

ずっと何を言うべきか考えていた。最後に何を言うかが千世に良くも悪くも影響を与えるような気がしていた。

千世は僕に左手首を見せる。細いバンドの腕時計が光った。

「お守りの代わりになるか分からないけど、俺の腕時計貸してやるよ」

僕は左手の腕時計を外し、バンドの内側、肌に触れる部分をスウェットの裾で拭って渡した。

「社会人になって初めて買ったやつだから」

母から就職祝でもっと高価な時計を買ってもらっていたが文字盤がやたら大きく使い辛くて自分で買い直した腕時計。国産ブランドの六万円。母がくれたのは海外製の三十万近い時計だった。ただ使い辛いというだけで買い直した。けれど今の僕には自分で買った時計がとても重要な気がしていた。今思ったことを千世に全て伝えたくても短く適切な言葉にまとまりきらない。

「手にはつけらんないと思うけど、机に置いてくれ」

僕が差し出す。

「受け取れないよ。お兄ちゃん」

コートのポケットに両手を突っ込んで千世は言った。

「え、なんで」

「社会人になって初めて買った時計なんて、そんな大事なもの。失くしたら嫌だし」

「いいんだよ、別に失くしても。大した時計じゃないし。お守り代わりに持ってて欲しいだけで」

「本当に大丈夫だから。ありがとう。頑張ってくるね」

千世はそう言って改札の方に向かい人波にもまれて消えた。僕はしばらく立ち尽くし、駅構内に漂う人の頭をなぞるように視線を動かす。ホームに下りる階段。視界のずっと奥の方に千世の後ろ姿が見え、一瞬こちらを振り向く。次の瞬間にはもう人の流れに塗り潰されて見えなくなった。

二日間、僕は上手く寝入ることが出来なかった。二日といわず一週間以上深く息を吸えていない気がした。通勤も仕事も、排便も睡眠も集中出来なかった。

千世はセンター試験の二日目の夜、なかなか帰ってこなかった。予備校に行き、二日分、五教科七科目の自己採点をしてから帰るとだけ昨日の晩聞かされていた。

夜ご飯をどうするか、迷った挙げ句僕はスーパーで良さそうな牛の一枚肉を買って焼くことにした。センター試験の結果は窺い知れない。出来不出来はどうあれ入試シーズンは続く。けれどこの二日間をひとまず労《ねぎら》いたかった。全ての考えを合算して、夕食はステーキになった。

千世が帰ってきたのは二十時を過ぎた頃だった。なんの連絡もなく唐突に玄関の鍵がガチャガチャ鳴って、僕はリビングを出た。

「ただいま」

おかえり。飯食うか。僕が尋ねると千世は靴を脱ぎ、早くこの場から去りたいというふうに狭い廊下をすれ違う。千世の放つ冷たく湿った温度を感じた。千世は顔を背けながら通り過ぎる。僕に何も読み取られたくない。そんなふうに見えた。

二人食卓を挟んでいる。会話はない。目も合わない。一定のリズム、咀嚼する音だけが耳に入る。焼いた肉を黙々と胃にしまうだけ。労いたいなんて独りよがりな理想論だと気づかされる。

「明日で一旦お家《うち》帰る」

食べ終わり、重ねた皿を洗いに下げる途中、千世は言った。ここまで、僕の方から適切な投げ掛けが出来なかったから、千世の方から口を開いた。

「まだ居ても大丈夫だよ」

「パパとママにセンター試験の結果伝えないと」

「あぁ、そうか」

僕が言うと、千世は机のある寝室に入っていった。

「結果どうだった」

僕の座る位置からは千世の姿は見えない。見えないままで会話する。向かい合わせよりは少し気が楽だったけれど卑怯《ひきょう》だとも思えた。

「う〜ん。簡単に言うとあんまり良くなかった」

千世は笑顔のニュアンスを声に乗せ、明るく言った。

「そうか。でも頑張ってたよ、千世は。ずっと勉強してたの見てたから。ほんとうにそう思うよ」

「うん。ありがとう」

沈黙が生まれ、会話が終わりかける。具体的に各科目の点数が知りたい。けれど千世にこれ以上センター試験のことを深掘りするのは心苦しかった。僕自身が大学受験の不出来を経験してきたから、人一倍その辛さを嫌っている。成績に自分の全てが握られていると信じ込まされた十代の辛さ。

それでも千世のために成績を聞いてあげないといけない。それだけは分かる。千世は僕と違う。母が千世の将来を限定しているだけで、本当は苦しむ必要がない。センター試験の点数によって、母を説き伏せられるかもしれない。千世にとって最善だと思われる唯一残された方法。

僕は無意識に立ち上がる。千世とセンター試験の結果、そして今後の受験について話す。そう決意し、決意が身体を動かした。まだステーキは半分以上残っていた。サラダも白米もほとんど手を付けていない。食事を中断し、千世の居る寝室に向かう。ドアは開いたまま。

「千世、入るぞ」

声を掛け部屋の中を控えめに覗く。机に向き合って座っている千世の肩が見えた。まだ制服のまま。

部屋に入り、机の横で千世と目線を合わそうとベッドに座った。

「千世、これからの試験のことも含めて」

話しつつ、千世の顔を見た。髪留めで前髪を留めた千世の顔。片方の眉だけが失くなっている。千世、眉毛が。そう言うと同時に僕が立ち上がる。千世は一瞬困惑の表情をして顔を背けた。眉があったはずの場所で、きしめんみたいな筋肉が一瞬動いたのが見えた。机の上に広げられたティッシュに短い毛が散らされていた。ごめんなさい。千世は小さい声で言った。胸の中でつぶやいた内省の言葉が漏れたように聞こえた。謝らなくて良い。僕は言ったけれど、肺も喉も舌も震えて言葉にならなかった。

千世が眠りについたのは二十三時を過ぎた頃だった。千世はしばらく平静を失ったまま泣いていた。一時間近く喋れる状態ではなく、二人泣き濡れていた。センター試験について詳しく話が出来たのはその後だった。

千世が寝息を立てるのをしばらく眺めていた。切り揃えられた前髪の隙間、不毛になった左眉。余白が多い赤みがかった肌。まばらに生える眉毛は千世に残存するＨＰを表しているように感じられた。僕は千世の身体を全て覆い、包むように掛け布団と毛布を整え、家を出た。

夜。暗く冷たい空の薄皮を街灯が白ませる。細かい雪の粉が風に乗ってフロントガラスに触れては溶けて消えた。ガソリン臭い暖房が吹き出す送風口にかじかむ手指をかざす。

この三週間近く、正月からセンター試験の間に母から連絡はなかった。母にはきっと、親として拒絶され否定された初めての経験なのだろう。母は母なりに傷ついているのかもしれない。

けれど、僕の心には再現された千世の痛みひとつひとつが忘れ難く刻み込まれている。車が実家に近づくにつれて、自らの想いや主張の無秩序を感じた。けれどそれでも良いとも思えた。

日付が変わる少し前、僕は実家に到着した。近くのパーキングから歩く途中、粉末だった雪の粒は小さくつまんだ綿に成り代わって舞った。いつも通りに玄関を開けて中に入り、ただいまと声を掛ける。廊下の奥から漏れる光を辿《たど》ってリビングに入っていく。

母はダイニングテーブルの前に座っていた。突然の僕の帰宅にも、驚きを態度に出さず何も言わない。あとは寝るのみという様子だった。

「千世のことを話そうと思って来た」

許可を取らず母の前に座って返答を待つ。母は目の前のマグカップに視線を落としてから持ち上げ、一口飲んだ。それをただ見て、僕はなにも言わなかった。

「千世って誰のことかしら」

「大事な話だから。千世のこの先の入試について」

「三週間も帰って来ないで遊び呆けてたんじゃないの？」

「毎日勉強してたよ。朝早く起きて夜寝るまで勉強以外なにもしてないくらいに」

「もうあの子がどうなろうとあたしには関係ないことだから。あたしの言うことも聞かないで」

「家から連れ出したのは俺の独断だから悪いと思ってる」

静かに将棋盤を挟むように会話が続き、父がやってきた。父もまた寝る寸前という感じだった。

「父さん。ただいま。千世の今後の話をするから聞いといてくれ。千世の保護者は父さんと母さんだけだから」

分かった。父はそう言って母の隣の席についた。

「あんたが勝手に連れていったんだからずーっと二人で暮らしたら」

「俺じゃ千世の保護者にはなれない。千世を大学には行かせてやれない。それに千世から見た俺は兄妹ってだけで、それ以上にはなり得ない」

左腕の時計に無意識に目線が行く。千世が受け取らなかった腕時計。

父は僕の言う事を小さくうなずきながら聞いてくれた。母は真顔のまま強く顎を噛みしめている。

「千世のセンター試験の結果を伝えに来たんだ。千世は明日自分で伝えに来るつもりだったみたいだけど、あらかじめ話し合っておきたくて」

僕は上着のポケットから二つ折りになったメモを一枚テーブルの上に置いた。泣きじゃくる千世から聞き出した自己採点を乱雑に書き留めた紙片。父と母が顔を寄せ覗き込む。

「全体としては六百十二点。六割八分。文系科目はめちゃくちゃ良い。英語はリスニング込みで九割近いし、社会二つも同じくらい。国語は七割だけど昨年に比べて難化してるからかなり良く出来てると思う。理系三科目は文系科目に比べると点数は低い。数ＩＡが五割で他は四割切るくらい」

「全然だめじゃん。本当に勉強してた？　勉強してこの点数なわけ？」

「学校行けてない期間があったのにむしろ凄《すご》いと思う」

「六割でどうなるの？　その点数で行ける国公立ってどこ？」

「塾の先生に相談するって言ってたけど、目標にしてた横国は厳しいと思う。教育学部なら少なくとも七割は欲しいはずだから」

「だから」

言うと同時に母はテーブルを拳で数度叩いた。

「じゃあ失敗じゃん。ねぇ、なんの意味もなかったじゃない。中高一貫の進学校も、予備校も全部無駄じゃない」

母は過呼吸ぎみに捲し立てた。声と同じくらい息を吸う音が大袈裟に鳴る。父はそっと母の背中に手を置く。

「別に無駄じゃないと思うんだ、俺は。千世は文系科目だけならかなり出来る方だと思う。私文だったら早慶は分からないけど、ＭＡＲＣＨだったら」

「それが無駄だって言って」

「最後まで話させてくれよ」

「中学受験までは上手くいってたじゃない。偏差値の高い一貫校からＭＡＲＣＨなんて、あたしどんな顔したら良いの？　ゆうかちゃんは公立校から早稲田行ってるのに？　千世が期待を裏切ってるんでしょ。あたしが何か間違ったこと言ってる？」

「千世は自律神経失調症で学校にあんまり行けてなかっただろう。そもそも周りと比べる必要ないよ」

母の主張を甘んじて肯定しないよう、母の語気に気圧されそうになるたび、千世の姿を思い浮かべた。家で眠る千世の姿。アンバランスな眉で泣いた千世の姿。途中、幼い頃の千世がふとイメージされた。特定のシーンではなく、記憶の集合体としての千世。小さかった千世の笑顔。あんたと違って手が掛からない子だったと母に言われたことも思い出す。

「千世に選ばせてあげようよ。私立も国公立も受けた上で、千世が一番良いと思う進路を。千世はどうしたいか言わないけど、千世も希望があるはずだから」

「千世の進路はあたしが決める。それは絶対。今までずっとそうしてきたでしょ」

「千世はきっと横国に行きたい訳じゃないと思う。模試の志望校には私大もあったわけだし。ただ母さんの期待に応《こた》えたい気持ちはあるんだよ。俺が何を言っても効果がない。母さんからどうしたいか聞かないと」

「努力せずに低い方に流れるのが良いって？　そんなに甘くないの。社会に出たら学歴で判断されるの、分かる？」

「千世は……」

そこまで言って続く言葉が見つからない。話せば話すほど、激流に逆らってもがき、泳ぐように無力を突き付けられる。

「そもそも晃成に大学受験のことなんて分かるの？　分かる訳ないでしょ。一浪して偏差値五十超えなかったのに。あたしに説教出来る立場？」

「千世は俺とは違うだろ」

「そもそもの話よ」

今まで僕が見た中で、最大の悪意を笑みに含んで、母は僕を見ている。

「あたしの言った通りにしたからちゃんとしたところに就職出来たって自覚ある？」

「…………」

「あたしが人並みにしてあげたんでしょ。あんたの学力じゃ肉体労働か工場勤務が関の山じゃない？」

怒りは、予想外にも皆無だった。それよりも千世の将来の方が重要だった。父が小さな声でなにか母に言った。母が度を越えていると父も思ったのかもしれない。何を言ったかは認識出来なかった。

「まだ言ってなかったけど、俺仕事辞めたんだ」

リビングの時が止まる。予定していなかった言葉。けれど言ってすぐ言葉は身体に馴染んだ。明日出社して辞めると言えば良い。後悔はなかった。

「は？　え？　どういうこと？」

「晃成、どういうことだ。説明しろ」

僕は両親をスクリーンに流れる映画みたいに眺めていた。狼狽《うろた》える母も、厳しい口調の父も。

「失敗したんだよ。選ばせてくれなかったから。俺はバンドでプロ目指す。母さんがあのとき、俺にピアノを選ばせてくれなかったから。今から俺は音楽を選ぶよ」

この家に生まれたことに対して抱いていたフラストレーションを言葉にして母にぶつけたのは初めてのことだった。僕にとって、あるべき始まりに思えた。母が居るために選ぶことが叶《かな》わなかった無数の選択肢を思い返す。絡み合った糸が解けて、一本になる感覚。

僕は立ち上がり、ダイニングテーブルから少し離れたところに膝を突き、手を突いて頭を下げた。

「千世にはちゃんと選ばせてやってくれよ。まだ取り返しのつく今。頼むよ」

フローリングに涙が垂れる。落ちた雫を視認出来ない。身体が震えている。顔も拭わず頭を上げた。母はテーブルに突っ伏し、嗚咽をする。両足はテーブルの下で床を踏みつけるように震えていた。父は母とは違い、背筋を伸ばし、斜め下方向一点を見つめていた。

「勝手な真似して、父さんには申し訳ない。千世の進路のこと頼む。千世がどうしたいのか、父さんからも聞いてあげて欲しい」

「分かった」

父は僕を真っ直ぐ見つめて言った。


家を出ると、雪は辺りをうっすらと覆っていた。退職をするにはどうしたら良いのか。バンドはどうするのか。具体的にどう進むかは分からなくても、全て決定事項だった。

車に乗り込み、ワイパーを動かす。雪を払いのけ、視界が広がる。僕のしたことは千世のためになるのか。長い目で見れば分からなかった。けれどこれは千世への、僕に出来る精一杯の祈りだった。

初出
「国民的未亡人」

「小説 野性時代 特別編集 2023年冬号」

「ただ君に幸あらんことを」

「小説 野性時代 特別編集 2024年冬号」

単行本化にあたり、加筆修正しました。

ニシダ

1994年7月24日生まれ、
山口県宇部市出身。
2014年、サーヤとともに
お笑いコンビ
「ラランド」を結成。
23年、初の小説集
『不器用で』を刊行。

ただ君《きみ》に幸《さち》あらんことを

2025年1月31日　初版発行
2025年3月25日　3版発行

著　者　ニシダ

発行者　山下直久

発　行　株式会社KADOKAWA
〒102-8177　東京都千代田区富士見2-13-3
電話 0570-002-301（ナビダイヤル）

印刷所　大日本印刷株式会社

製本所　本間製本株式会社

●お問い合わせ
https://www.kadokawa.co.jp/
（「お問い合わせ」へお進みください）
※内容によっては、お答えできない場合があります。
※サポートは日本国内のみとさせていただきます。
※ Japanese text only

定価はカバーに表示してあります。

ISBN 978-4-04-114658-3 C0093

装画
辻本大樹

装丁
池田進吾
(next door design)